Aishe

Miente quien asegure que el amor en nuestras sociedades modernas es compatible con la miseria. Ni en nuestras sociedades modernas, ni en ninguna sociedad civilizada. El amor es un lujo de la naturaleza que no arde con otro combustible que con oro y sangre.

Declaración de un vencido, Alejandro Sawa

© 2020, Larraufie, Manon
Edition : Books on Demand,
12/14 rond-Point des Champs-Elysées, 75008 Paris
Impression : BoD - Books on Demand, Norderstedt, Allemagne
ISBN : 9782322258956
Dépôt légal : décembre 2020

Dans un bar de Birmingham, à onze heures du soir, une jeune femme, sur scène, chante et joue de la dombra. Elle est accompagnée d'un guitariste, d'un accordéoniste et d'un violoncelliste. L'espace souterrain est exigu et sombre. Seules quelques bougies éclairent faiblement la pièce, permettant aux clients de se faufiler dans les recoins obscurs. C'est ainsi que le bar devient, à partir d'une certaine heure de la nuit et jusqu'à une certaine heure du matin, le théâtre de trafics, de tromperies, d'intimidations et de violences en tous genres.

Dance with us on a gypsy path
Sing us to sleep with your gypsy laugh
Tell us a tale and ride on the wind
Come and dance to the red violin

Quand la jeune femme chante, tous se taisent et fixent leur regard sur son visage sévère au teint cuivré et son épaisse chevelure brune. Certains la trouvent belle et envoûtante, moulée dans un pantalon en cuir noir et dans un pull à col roulé de même couleur. Sa couleur. Mais d'autres se méfient car les rumeurs circulent vite dans les bas quartiers de Birmingham. Et les rumeurs concernant la jeune femme la rendent, aux yeux des moins téméraires, plus dangereuse qu'innocente. Entre chaque couplet, elle s'empare de sa dombra et joue quelques notes pour accompagner les autres musiciens, ou se déhanche au rythme de la mélodie. Les trois jeunes hommes la regardent, attendant ses signes, suivant son tempo, écoutant ses vibratos. Elle est le chef d'orchestre et tous la respectent. Pas parce qu'ils en ont peur. Non. Eux trois la connaissent. Ils la respectent parce que la vie la malmène. À moins que ce ne soit elle qui malmène la vie.

Silk is the road where the music flows
Gypsy's hair laced in amber stones
Moves like the light through the water he
Follow the prince of the Romany

Ses cheveux dansent. Ce sont des milliers de serpents noirs qui ondulent sur ses épaules. Ses grands yeux bleu nuit fixent le mur en brique au fond de la salle, ils voudraient le percer pour observer ce qui se passe de l'autre côté. Ses mains longues et fines tirent sur les cordes de l'instrument avec une douceur qui contraste avec la dureté des traits de son visage. Un visage encore jeune, et pourtant déjà marqué par les obstacles amers de la vie nomade.

Dance with us on a gypsy path
Sing us to sleep with your gypsy laugh
Tell us a tale and ride on the wind
Come and dance to the red violin

À la fin de la chanson, tous applaudissent avant de lever leur bière ou leur whisky et de se remettre à boire, à aboyer, à s'aboucher. Tous, sauf un homme, tapi dans l'ombre, contre l'encadrement de la porte qui s'ouvre vers l'escalier. L'escalier qui mène les pauvres dans le ventre de la bohème. Une bohème du vingt-et-unième siècle qui ne demande qu'à échapper à un destin inexorable. Un destin d'artiste déchu, d'écrivain sans succès ou de philosophe oublié. Immobile, le visage perdu dans la nostalgie d'une époque révolue, il l'observe plus qu'il ne la regarde. Aucun de ses mouvements ne lui échappe. Quelques hommes le bousculent pour entrer dans le bar mais il s'écarte à peine, hypnotisé par la jeune chanteuse. Soudain, elle se redresse puis se baisse à nouveau dans un même élan vif, pour saluer les clients du bar avant de partir. C'est en relevant les yeux vers les spectateurs qu'elle le voit. Toujours immobile, dissimulé dans la semi-pénombre. Quand leurs regards se croisent, une lueur malicieuse vient éclairer les yeux bleus de l'homme, tandis que la peur et la colère mêlées se répandent brusquement sur le visage de la jeune femme, qui blêmit. L'espace d'un instant, un lien invisible se tisse entre eux, à la fois sombre, immense et impalpable. L'air est électrique. Le temps se fige. Elle n'entend pas John lui murmurer qu'il est temps de quitter la scène. Elle ne sent pas sa main exercer une légère pression sur son épaule pour la faire réagir. Elle n'entend pas la foule ivre et grossière s'impatienter. Elle ne voit pas Chris la tirer par le bras pour la traîner vers les coulisses. La jeune femme se laisse conduire par ses amis, sans y opposer la moindre résistance. Ce soir elle a croisé à nouveau la mort, et elle sait que pour la vaincre, elle n'a d'autre choix que d'affronter son passé.

***

En sortant du bar j'étais encore sonnée. Je venais d'avoir une vision, en priant Sainte Marie de la Mer pour que c'en soit vraiment une. Mes trois « collègues » me regardaient, inquiets. C'est Django qui m'adressa le premier la parole :

- Ça va Aishe ?

- Ouais, ouais... j'ai juste eu un vertige mais maintenant ça va, dis-je pour le rassurer en esquissant un sourire.
- On va finir la soirée au club de William, tu viens ? me demanda John.

Je n'avais qu'une envie : rentrer chez moi et dormir jusqu'au lendemain, mais j'avais peur. Peur de revoir son image, d'y repenser. Voilà sept ans que je l'avais banni de mon esprit et qu'il réapparaissait à nouveau. Envahie soudain d'une frénésie dévorante, je me décidai à finir ma soirée au pub du meilleur ami de John pour boire plus que de raison et oublier ce que mon cerveau fou venait de me faire subir.

- Ok. Je vous suis.

Nous montâmes tous dans la voiture de Chris et ce dernier mit sa musique pop à fond et ouvrit en grand les fenêtres malgré le froid qui s'engouffrait. Chris et John, à l'avant, commençaient à boire des bières et à rire tous les deux de leurs blagues stupides. Django était resté silencieux. Puis, discrètement, alors que Chris roulait comme un dingue vers Digbeth[1], Django se rapprocha de moi sur la banquette arrière - ce qui n'était pas dans ses habitudes, en tout bon romani qu'il était - et commença à me parler dans sa langue natale :

- *Spune-mi...*[2]

Ce qu'il pouvait m'agacer quand il se sentait le devoir de me protéger, sous prétexte que nous avions eu des vies similaires. Mais heureusement pour lui, ma vie n'avait rien à

---

[1] Quartier de Birmingham
[2] Parle-moi (roumain)

voir avec la sienne. Lui, il avait sa caravane et son sang. Moi, je n'avais pas de caravane.

- *Totul este bine. Vreau sa uit trajo de cacat de baut.*³
- *Daca ar fi fost una dintre gazhi noastre v-ar fost mai putin dur*⁴, me dit-il, son regard dur planté dans le mien.
- *De acceea, ma baxtali sa nu fie un rumunojka*⁵, lui répondis-je avec légèreté, en essayant de ne pas en rire.

Les deux rigolos à l'avant ne nous écoutaient pas. Ils étaient bien trop éméchés pour ça. Et quand bien même ils se seraient rendu compte que l'on ne parlait plus en anglais, ça ne les aurait pas dérangés. Ils avaient l'habitude que l'on se mette parfois à l'écart du groupe, Django et moi. C'était d'ailleurs incontestablement avec lui que je m'entendais le mieux. Après tout, nous avions les mêmes racines lui et moi. Et personne ne peut leur échapper. Jamais.

Nous nous arrêtâmes quelques minutes plus tard dans une ruelle mal éclairée mais bondée d'automobiles, toutes relativement luxueuses. John n'était pas riche mais son meilleur ami avait fait fortune dans le monde de la nuit. Il avait fini par ne plus voir un seul rayon de soleil, vivant la nuit et dormant le jour. Je me surprenais parfois à me demander si ce type à l'allure plutôt banale n'était pas en réalité un vampire. Ce travail lui collait à la peau. Il

---

³ Tout va bien. J'ai envie d'oublier ma vie de merde en me saoulant. (Mélange de roumain et romani)
⁴ Si tu avais été une de nos femmes tu aurais été moins grossière. (Idem)
⁵ C'est pour ça que je suis bien contente de ne pas être une romani (native de Roumanie). (Idem)

manageait ses trois clubs d'une main de fer. Enfin, moi je m'en fichais. Tout ce qui m'intéressait, c'était que de temps en temps John me propose d'y aller avec les deux autres comparses musiciens et que tout m'était offert. J'avais le droit à l'entrée gratuite et aux boissons à volonté.

Nous entrâmes dans le club, saluâmes William, qui, comme toujours, avait l'air fort occupé, puis nous nous assîmes sur une des rares banquettes rouges qui n'avaient pas encore été prises d'assaut. Il y avait du monde ce soir. Beaucoup de monde. Musique électro. Danseuses en robes à paillettes. Tables VIP déjà occupées. Toilettes encombrées de vomi et autres substances à demi liquides. La soirée battait son plein. Nous commandâmes des bières, une bouteille de vodka et des sodas pour qu'elle passe mieux dans l'estomac. Le club était branché, mais nous, nous l'étions beaucoup moins.

- Eh Aishe, tu vas pas être crevée pour demain ? me demanda Chris tout en sniffant une poudre blanchâtre.
- Si, mais je bosserai l'aprem'. Je vais envoyer un sms à Jess pour la prévenir.
- Tu avances alors sur ta choré ?
- Ce n'est pas si simple que ça…
- Je sais que c'est ta passion, mais on aimerait que tu continues à jouer avec nous. Sans toi il n'y a plus de groupe, tu le sais.
- Chris, tu exagères. Vous vous débrouilliez très bien sans moi avant.
- Ouais, mais c'était avant. On ne peut plus se passer de toi, me lança-t-il avant de me gratifier d'un clin d'œil.

Bon c'est pas tout ça mais je viens de voir une belle nana là-bas...

Puis il se leva et s'avança nonchalamment jusqu'à une grande tige maigrelette avant d'engager la conversation avec elle. Chris était un beau mec. Vingt-six ans, blond, les yeux bleu ciel, le corps droit et fin. Typiquement Anglais quoi. Enfin, un beau spécimen du typiquement Anglais quand même.

- Tu seras prête pour le 3 mars ? enchaîna John que je croyais trop ivre pour suivre la conversation.
- J'espère. C'est la dernière ligne droite, après je serai trop vieille.

Et oui. Vingt-deux ans, c'était déjà vieux pour commencer une carrière de danseuse. Le 3 mars je passerai le test d'entrée à la *London Contemporary Dance School*. Je l'avais déjà passé pour la première fois l'année dernière et je l'avais raté. Le jury n'avait pas été convaincu par mon interprétation. Et avant je ne pouvais pas m'inscrire, il m'avait d'abord fallu obtenir une équivalence du bac, et dans mon cas ce n'était pas gagné d'avance.

John s'endormit peu à peu sur la banquette, me laissant seule en tête à tête avec Django. Django qui, d'ailleurs, n'avait pas bu une seule goutte d'alcool depuis le début, alors que moi je m'étais déjà enfilé trois vodkas orange. Le jeune homme me regardait bizarrement. Comme s'il voulait me dire quelque chose mais que sa raison l'en empêchait. C'était mieux comme ça. Je savais que je ne lui étais pas indifférente ; mais je savais aussi qu'il allait se marier le week-end prochain. Et oui, chez nous, on se marie jeune. Et encore, il avait déjà bien attendu.

- Aishe... Je ne sais pas si on va se voir avant samedi, alors j'aimerais te poser une dernière fois la question.
- Non Django... ce n'est pas la peine. Tu mérites quelqu'un qui t'aime. Et moi je suis incapable d'aimer.
- Personne n'est incapable d'aimer.
- Tu sais quelle était la critique du jury quand ils m'ont annoncé que je n'étais pas sélectionnée l'année dernière ?
- Non.
- Mon interprétation. Je n'arrivais pas à m'imprégner des paroles de la chanson, à me laisser bercer par la musique. Quand je chante, je le fais avec force et je m'imagine être quelqu'un d'autre, quelqu'un qui mène une autre vie. Mais quand je danse, je ne peux pas faire semblant. Il me faut être moi et exprimer mes sentiments. Ce n'est pas un jeu, une illusion. C'est la réalité, la vie.
- Et tu n'as pas réussi à dévoiler tes sentiments en dansant ? Tu danses divinement bien pourtant...
- Il ne s'agit pas de technique. Je ne les dévoile pas parce qu'il n'y a rien à dévoiler. Le comprends-tu ? Je ne ressens rien. J'apprécie ta compagnie mais je ne peux rien ressentir de plus... excuse-moi.
- Aishe...

Tout en prononçant mon nom, il avança son torse vers moi et prit ma tête entre ses mains. Je me perdis dans la profondeur de ses iris, qui me parurent alors plus noirs encore qu'un jour d'éclipse.

- Laisse-moi te montrer…

C'est alors qu'il m'embrassa à pleine bouche. Il était un naufragé qui se raccrochait à son radeau de fortune. *La dracu'!*[6] Je me reculai presque aussitôt et m'extirpai de son emprise avant de me lever brusquement et de me diriger vers la piste de danse. Cet homme, dans d'autres circonstances, aurait pu me plaire. Mais ses tentatives étaient peine perdue. Dans une semaine il serait marié à une autre. Une autre qui était jolie, gentille et attentionnée qui plus est. Le genre de femme parfait pour un homme comme lui. Son baiser n'avait fait que confirmer ce que je savais déjà. Je ne ressentais rien. Rien pour personne. Et il fallait qu'il saisisse. Pour son bien et pour le mien.

Je commençai à danser parmi des dizaines d'inconnus en constatant que Django était resté assis sur la banquette et me regardait, le regard empli de reproches. Alors que je me laissais porter par la musique, un homme vint se coller dans mon dos et commença à danser très près de mon corps, essayant de suivre le rythme de mes mouvements. C'était le seul moyen de faire comprendre à mon ami que j'étais une femme sans cœur, une peste, une paria. Je me retournai, enroulai mes bras autour du cou du type et l'encourageai à continuer à danser de manière aussi sensuelle avec moi. À cause - ou grâce - à l'alcool et à l'ivresse provoquée par l'écho de la musique dans mon corps, je ne sus pas dire si l'homme en question était beau ou non, blond ou brun, grand

---

[6] Putain !

ou petit. Cela m'était égal. Je voulais simplement faire passer un message à Django. Je me retournai pour voir sa réaction, mais il n'était plus sur la banquette. Je fus quelques secondes soulagée, pensant qu'il était parti ou qu'il avait rejoint John ou Chris. Mais pendant quelques secondes seulement, car je vis juste après qu'il se tenait devant nous, planté là, statique, le regard haineux. Il était en pétard.

Vexée de ne pas m'être fait comprendre, je saisis le visage de l'homme avec qui je dansais et l'embrassai langoureusement. Surpris, il me prit par la taille et me conduisit hors du groupe de danseurs effrénés. Cette fois-ci, je ne pouvais pas être plus claire. Django allait m'en vouloir. Peut-être ne voudrait-il plus être ami avec moi après cette humiliation. Les tziganes ont la tête dure.

L'inconnu m'entraîna à l'extérieur, nous faisant sortir par une issue de secours. Une fois dans la ruelle sombre, il me plaqua violemment contre le mur et commença à déboutonner mon pantalon. C'est à ce moment-là que mon esprit décida de se réveiller de sa léthargie. Je n'avais aucune envie d'aller plus loin avec ce type, je voulais juste faire passer un message à Django.

- Non, laissez-moi.

Mais l'homme me maintenait les bras au-dessus de la tête avec sa main gauche et continuait de me déshabiller avec sa main droite. Non, pas ça. Pas encore. Je me débattais mais il était bien plus fort que moi. Je l'avais aguiché ouvertement. Ce n'était pas entièrement de sa faute. Je me détestai. Je me détestai parce que ce n'était pas la première fois que je me retrouvais dans ce genre de situation. Je poussai un cri pour que quelqu'un m'entende et vienne à mon secours. Mais les contes de fées n'existent pas. Le prince charmant ne vint pas au secours de la princesse. Enfin, peut-être aurait-il fallu que j'en sois une. Et la situation prouvait bien que j'étais loin du compte.

- Tu continues sur ta lancée *gadjo* et j'te butte.

Django était à quelques pas de nous, un flingue braqué en direction de la tête de mon agresseur. Ce dernier se retourna, les yeux écarquillés. Mais c'était un dur à cuire parce qu'il ne fuit pas. J'en profitai pour reboutonner mon pantalon et m'écarter du type, qui, après constatation, était plus costaud que Django.

- *Shit*. Il a fallu que je tombe sur une pute de *gypsy* !

Django s'approcha dangereusement de l'inconnu. Son arme pouvait presque toucher son front. Ça sentait le roussi.

- Ça va, ça va ! J'me tire.

Il marcha nonchalamment jusqu'à la porte de secours et s'engouffra dans le club. Django et moi, nous nous regardions en chien de faïence. Nous étions en colère. Il me haïssait. Peut-être réalisait-il soudain que je n'étais qu'une fille volage qui n'avait absolument pas le profil idéal pour épouser un homme, vivre avec lui toute sa vie, lui faire des enfants et les élever en restant bien sagement à la maison. Je le haïssais pour ne pas s'être éloigné de moi, pour avoir failli assassiner un inconnu (parce que je connaissais Django, il lui aurait tiré une balle entre les deux yeux s'il n'était pas parti) et surtout pour ne pas l'avoir laissé me faire du mal. Oui, s'il m'avait fait du mal j'aurais cessé de crier et j'aurais sagement attendu qu'il en ait fini avec moi.

Je laissai Django planté là et partis d'un pas rapide vers une rue perpendiculaire. Il n'essaya pas de me retenir. Je l'avais blessé. Et il était fier. Très fier.

En arrivant dans une rue plus passante, j'appelai un taxi. Il me déposa à une centaine de mètres de chez moi et je rentrai en courant, gelée par le vent froid. Comme une idiote, j'avais laissé mon manteau sur la banquette du club et je n'avais pas eu le courage d'aller le récupérer.

J'entrai discrètement dans mon immeuble. Un immeuble sale et miteux, souvent squatté par des pauvres ou, comme dans mon cas, loué aux pauvres. Ma piaule était insalubre, sombre et crade. Faire du ménage ne servait à rien. Il y avait de la moisissure dans la salle de bain et sur les murs de la seule et unique pièce à vivre. Jamais, je n'avais osé inviter mon groupe chez moi. Pas même Django. Je me baissai pour récupérer les clefs que je cachais sous un pot de fleur, au centre de la cour, à côté des poubelles, et descendis les escaliers qui menaient à mon taudis semi-enterré. C'est alors que ma respiration se coupa net. Ma porte était entrouverte. Une faible lumière s'échappait de l'ouverture. La serrure avait été forcée par des mains expertes. Moi-même je n'aurais pas fait mieux. Les battements de mon cœur s'accélérèrent. Non mais qu'est-ce qui se passait encore ? Quelqu'un était chez moi et il était entré par effraction. Je m'en voulais d'avoir laissé mon manteau au club, j'avais un couteau dedans. Je remontai alors les escaliers au pas de course, puis sortis mon téléphone portable de la poche arrière de mon pantalon pour éclairer la cour à la recherche d'un moyen de défense. Je vis une barre en fer d'environ quarante centimètres de long. Je la saisis fermement dans ma paume, pris mon courage à deux mains et me dirigeai vers mon appartement.

J'ouvris lentement la porte, dans l'espoir de surprendre mon visiteur. Mais manque de bol, ce ne fut pas le cas. Il était assis sagement au bord de mon lit. Je tressaillis. Non. Je croyais que j'avais eu une vision, un moment d'égarement. *Rahat*[7]. La mort, pour la deuxième fois de la soirée, se tenait en face de moi. La mort se tenait devant moi. La mort se tenait sur mon lit. Mon lit… Oh non. La barre en fer ne me serait d'aucune utilité face à la mort.

***

Nous restâmes muets pendant de longues minutes. Le supplice était trop grand. Mon corps tressaillit. Je n'aurais pas dû. Aucune émotion devant la mort. *Del*[8] Aishe ! Ne transmets aucune émotion… Je me repris rapidement, posai la barre sur ma commode et m'avançai vers la kitchenette. Je lui tournai le dos et me remplis un verre d'eau avant de le boire à petites gorgées, toujours le dos tourné. Avoir l'air indifférent. *Saki data*[9].

- Tu es encore plus belle que dans mes souvenirs.

---

[7] Merde
[8] Dieu
[9] Toujours

- Oh non. Non. Qu'il se taise.
- Regarde-moi.

Je ne bougeai pas d'un centimètre. Je n'étais plus une enfant. Personne ne me donnait d'ordre dorénavant.

- *Mírame. Mírame*[10] Aishe.

Mais je ne bougeai pas alors que je sentais sa colère bouillir à quelques mètres de moi. Il se leva brusquement, s'avança puis passa sa main puissante dans mes cheveux avant de m'obliger à tourner mon visage vers le sien. Il était si près que je pouvais sentir son souffle. Vomir. Je voulais vomir.

Il le vit dans mes yeux alors il dégagea sa main et recula d'un pas. Étrange. Ça ne lui ressemblait pas. Il y a sept ans, il n'aurait pas réagi comme cela. Il faut dire que moi non plus. Sept ans pendant lesquels j'avais tout oublié. Je l'avais oublié, lui, surtout. Enfin, presque.

- Il faut que je te parle.
- Vraiment ?
- J'ai eu du mal à te retrouver.
- Vraiment ?

Agacé il se rassit sur mon lit, à l'aise comme s'il était chez lui.

- Ta *bata*[11] a clamsé. Son enterrement est après-demain. Je me disais que tu voulais peut-être y aller.

---

[10] Regarde- moi (espagnol)
[11] Mère (caló : dialecte romani-castillan des gitans d'Espagne)

Le ton de sa voix, son visage dur. Tout me prouvait qu'il se fichait bien de ma génitrice et que j'avais toujours eu raison. Il s'était servi d'elle. Elle avait quitté ce monde et je m'en fichais tout autant que lui. Je suis un monstre. Nous sommes des monstres.

- Merci pour l'info. Maintenant barre-toi.
- On dirait bien que tu as perdu ton petit cœur tendre Aishe…
- Non tu te trompes. Je n'ai jamais eu de cœur.

Son grand corps se raidit, se redressa puis se releva tout en continuant à me scruter. Il esquissa ensuite un sourire en coin. J'avais envie de le gifler. Non. En fait, *I wanted to marelar him*[12].

- Au cas où tu changerais d'avis, son enterrement est lundi. 15 heures.

Je ne répondis rien. Il était hors de question que j'aille à l'enterrement de cette *gachí*[13]. Elle n'était plus rien pour moi depuis longtemps. Je lui indiquai la porte de la main, en espérant qu'il me laisse tranquille et déguerpisse au plus vite. Il s'exécuta en silence et se dirigea vers la sortie. Mais, au moment où il allait fermer derrière lui, il me lança :

- J'ai mis sept ans à te retrouver. Ne crois surtout pas que ta petite vie paisible avec les *gadjé* va le rester.

Puis il claqua la porte. Je m'écroulai au sol, en larmes. Je ne pouvais plus retenir mes sanglots. J'avais peur et j'étais

---

[12] Je voulais le tuer (mélange de caló et anglais)
[13] Femme (idem)

triste. Pas triste de perdre Liberty, ce que je lui avais dit était vrai. Triste parce que je savais au plus profond de moi que sa dernière phrase était inéluctable. Cette soirée mettait définitivement un terme à sept courtes et paisibles années. Sept ans pendant lesquels je n'avais pas pleuré, je n'avais pas ressenti, je n'avais pas aimé, je n'avais pas tremblé. Le calme plat avant la tempête.

***

Aishe, prostrée en position fœtale sous la douche, pleure toutes les larmes de son corps. Des larmes qu'elle a retenues pendant sept ans et qui, ce soir, ne peuvent plus être retenues par ses grands yeux bleu nuit. Elle arrondit les épaules. Un nœud s'est formé dans sa gorge, son ventre, pas facile de les dénouer. Un chagrin qui la ronge, de l'intérieur, et qui veut pointer son nez à l'extérieur. Des rires, des baisers, des caresses, le tout jeté avec violence à la poubelle. Depuis qu'elle est partie de chez elle, elle s'est promis de devenir forte, et de le rester en toutes circonstances. Elle pense être incapable d'aimer, mais elle sait cependant que sa peine est grande. Ce qu'elle ne sait pas encore, c'est que sa colère est encore plus grande que sa peine. La colère des gitans qui coule dans ses veines. La colère de plusieurs siècles de marginalité. Plusieurs siècles à travers les routes. Plusieurs siècles à se chercher sans jamais se trouver.

Aishe porte sur ses épaules le poids d'une douleur collective. Elle aimerait danser, entrer dans cette école de prestige, redécouvrir le sens de la vie. Mais pour cela elle doit faire face à son passé et se venger. Elle lève le visage et laisse le jet d'eau répandre sa chaleur sur elle. Une chaleur qu'elle n'a jamais connue, précisément à cause de son esprit de vengeance. Une vengeance qui n'est pas seulement la sienne, mais aussi celle de tous les gitans, condamnés à une errance éternelle.

La jeune femme se recroqueville et s'assied au fond de la douche. De ses mains elle inspecte son corps nu, comme si une quelconque maladie s'était immiscée en elle. Elle se tient le ventre en pleurant. Il l'a fait souffrir et elle s'est elle-même fait souffrir. Elle a perdu une partie d'elle-même ce soir-là. Elle se rappelle encore de la date. Le 25 décembre. Comment ne pas s'en souvenir ? Toutes les familles s'étaient rassemblées pour fêter Noël. Aishe n'a jamais vraiment cru en Dieu, car avouer qu'il existe, c'est également avouer qu'il l'a abandonnée. Elle était une enfant et ce soir-là elle a cessé de l'être pour devenir un corps sans âme. Car son âme, il la lui a prise et n'en a laissé que des miettes sur son passage. Aishe a essayé de récolter les miettes pendant deux ans, puis elle est partie. Ces dernières s'étaient perdues au fil du temps.

Elle n'a pas pensé à ces instants-là depuis trop longtemps. Alors maintenant elle tremble. Son corps veut rejeter une chose qui remue à l'intérieur et qui la fait trembler, malgré l'eau tiède qui recouvre chaque centimètre de son corps abîmé, malmené. Un corps qui a vécu tantôt le froid d'une nuit d'hiver dans la rue, tantôt la chaleur d'une nuit d'été dans une bouche de métro. Un corps qui a été son seul moyen de survie, en dansant, en chantant, en jouant de la dombra. Elle aurait pu l'utiliser autrement. Elle n'a jamais voulu.

Une bête de foire, ou plutôt une bête de rue. Voilà ce qu'elle était devenue pendant plusieurs années pour survivre. Aishe attirait les touristes, charmait les enfants, hypnotisait les passants.

Et une petite musique résonne dans sa tête. Elle lui rappelle qui elle est, d'où elle vient, et sa vie de bohémienne du vingt-et-unième siècle dans le centre de Birmingham. La danse du feu. Pourquoi ne pas présenter au jury une danse du feu ?

It is burning so bright
That light shinning
I can feel it's might
As I read its siging

That light moves
Around and around
I think it need to prove
As it goes wound

The woman shine
The light is dancing
She is looking fine
As the light is dancing

As the people move
In front of the light
I feel I need to prove
As I feel its might

People have many faults
I have no answer
But under this Dark Waltz
I see the Fire Dancer

Elle enroule une serviette autour de sa poitrine, sort de la salle de douche, ouvre l'unique fenêtre de l'unique pièce et s'assied sur le rebord, derrière les barreaux en fer gris. Elle allume une cigarette et tremble de froid en observant les passants qui se pressent dans la rue. Depuis le saut de loup, elle peut voir tout ce qui s'y passe, alors qu'elle, personne ne la voit. Personne ne penche jamais la tête pour observer sa cour anglaise. C'est une parmi d'autres. Un logement de pauvre parmi les autres. Dehors il pleut à verse. Comme toujours. L'humidité s'infiltre dans l'appartement en bourrasques violentes.

Aishe lance le mégot dans la rue et referme la fenêtre d'un coup sec. Elle enfile un pyjama chaud en coton rouge, puis s'allonge sur le lit. Le souvenir de Kate la submerge. Elle l'a rencontrée quelques semaines seulement après être partie de Londres. Kate était une femme d'une trentaine d'années, déjà abîmée par la vie, maquillée et parfumée à l'excès. Cuissardes à talons aiguilles et mini-jupe à paillettes rouges. Kate faisait le trottoir, un samedi soir, dans une rue mal éclairée de Birmingham. Elle avait vu Aishe qui se tenait assise, immobile, dans un recoin sombre et lui avait dit de partir avant qu'un certain Tom n'arrive. Le fameux Tom était arrivé et Aishe s'en était sortie de justesse. Elle devait beaucoup à Kate. Elle l'avait tirée d'affaire. Aishe allait la voir de temps en temps, remarquant chaque fois une nouvelle ride qui se dessinait aux coins de ses jolis yeux noisette.

Quand Aishe repense à Kate une boule se forme dans sa gorge. Elle est morte. Elle est morte et elle ne la reverra plus. Elle aurait pu s'en sortir, se libérer enfin de l'emprise de Tom. Presque quinze ans à faire le trottoir pour mourir enfin sur le trottoir. Sans échappatoire. Aishe pense que c'est là la destinée des pauvres, des marginaux, des bohémiens, de ceux qui n'ont pas voulu ou n'ont pas pu suivre la norme sociale. Mourir sur le trottoir.

Elle s'apprête à enfouir son corps maigre sous les draps, le ventre vide, comme chaque soir depuis sept ans, quand trois coups rapides et stridents frappent à la porte. Elle se lève en maugréant et ouvre. Il n'y a personne mais son manteau noir a été accroché à la poignée. Django. Elle a l'impression que Django sera toujours dans les parages, quoi qu'elle fasse, quoi qu'elle rejette, Django sera toujours là. Mais elle ne sait pas encore si c'est une bonne ou une mauvaise chose.

C'est ainsi que ses pensées la mènent vers le quartier des *gypsies* de Londres, une nuit d'hiver 2003. La nuit où elle est partie sans jamais se retourner. La nuit où, en rentrant chez elle, elle avait entendu sa mère discuter avec Mihai et lui dire « ne la mets pas enceinte ». Elle savait. Elle avait toujours su et elle n'avait rien dit, rien fait pour la protéger. Aishe avait laissé un mot devant la porte de Mihai. *Un día te mararé*[14]. Elle ne sait pas s'il l'a réellement vu, ou si le papier s'est envolé pendant la nuit. Elle inspire puis expire bruyamment et

---

[14] Un jour je te tuerai (caló)

prend alors une décision. Maintenant qu'il l'a retrouvée, elle n'a plus le choix. Elle doit le tuer.

***

Le lendemain, je passai plus de trois heures à répéter avec Jess au studio. Jess était ma professeure de danse depuis cinq ans. Un jour où je dansais sur une place de Birmingham pour récolter assez de pounds pour m'acheter un sandwich, elle m'avait remarquée et avait voulu que je suive les cours de danse qu'elle donnait dans son école. Je lui avais dit que je ne pouvais pas la payer, mais cela lui était égal. Jess n'était pas riche mais elle avait vu quelque chose en moi. Et depuis nous avions commencé à travailler sans relâche, deux à trois fois par semaine, pendant plusieurs heures. Elle voulait que je me présente à la *London Contemporary Dance School*. Mais l'année précédente j'avais raté le concours. Cette année, je ne devais pas la décevoir. Je ne le pouvais pas. Elle m'avait consacré tellement de temps, tellement d'énergie. Cette femme de cinquante ans était incroyable. C'était bien la seule en ce monde que j'admirais. Elle ne m'avait jamais posé de questions sur mon passé. Quand elle m'avait rencontrée, je n'avais que dix-sept ans, et pourtant elle n'avait pas demandé pourquoi une jeune femme de mon âge était réduite à mendier en dansant ou en jouant de la dombra pour survivre. Pendant deux ans, elle avait insisté pour m'héberger mais j'avais toujours refusé. Il était hors de question que je sois un poids. Pour personne. Ensuite j'ai rencontré John et Chris, ils étaient étudiants en musicologie et jouaient dans les bars. Ils étaient passionnés de musiques tziganes, gitanes, *roms*. Alors ils avaient voulu que l'on monte un groupe. La famille de Django s'était installée à côté de Birmingham, dans un camp. Il se joignit alors à nous et notre quatuor fonctionnait plutôt bien. Le quotidien était difficile, mais j'étais libre. L'argent des concerts, depuis trois ans, me permettait de payer mon loyer. Il me restait même deux cents livres ensuite pour manger et m'habiller. Ce n'était pas grand-chose. Mais lorsque l'on a connu la misère : dormir dans la rue, ne pas manger parfois pendant plus de trois jours, après, tout nous paraît être du luxe.

Épuisée, j'appuie mon dos contre le mur. Jess réfléchissait et je ne voulais pas l'interrompre alors je restai muette, attendant patiemment les critiques de mon mentor. Mais la soirée de la veille, ma dispute avec Django et la visite de Mihai, m'avaient tourmentée toute la journée. Et tout en répétant ma choré, j'étais ailleurs.

- Aishe. Que se passe-t-il ? Il y a de la colère en toi…
- C'est vrai.
- Ça a toujours été vrai. Mais aujourd'hui j'ai senti que c'était plus fort. Tu n'étais pas concentrée, tu as raté certains mouvements. Je ne sais pas comment tu as fait pour ne pas te casser la cheville pendant ton arabesque… et cette rage sur ton visage…
- Je suis désolée. J'ai eu quelques petits soucis hier.
- C'est ta dernière chance cette année, alors ressaisis-toi, ok ?

Les larmes me montèrent aux yeux. Voilà qu'après sept ans d'insensibilité je ne faisais que pleurer comme une enfant.

- Aishe, me dit Jess en me prenant dans ses bras. Si tu veux me parler je suis là.
- Disons que mon passé a refait surface. Entre autres choses ma mère est morte.
- Oh, je suis désolée ma chérie.
- Non, ne le sois pas. Je vais me reprendre, ne t'inquiète pas.
- Aishe… cette douleur… ou cette haine, je ne sais pas… que tu as en toi. Tu devrais t'en servir.
- M'en servir ?
- Ta technique, en temps normal, est parfaite. Je ne peux rien t'apporter de plus. Mais tu essaies de jouer un rôle, comme devant ton micro. Tu ne danses pas pour faire plaisir à des inconnus dans un bar. Tu danses pour toi. La seule manière de libérer pleinement ses mouvements, c'est d'être soi-même. Sans réserve.
- Je vois… mais c'est si difficile pour moi.
- Peut-être, devrais-tu choisir une autre musique.
- Pourquoi ?
- La musique contemporaine c'est bien. C'est une épreuve de danse contemporaine après tout. Mais elle ne te correspond pas. Ce n'est pas toi.
- Je vais y réfléchir alors… Mais il me faut repartir de zéro avec la choré. Merde.
- C'est à toi de voir mais je te conseille d'essayer.
- Quand est-ce qu'on se revoit Jess ?
- Et bien j'imagine que tu vas être en famille quelques jours alors quand tu seras disponible Aishe.
- Non je ne vais pas être en famille. On se voit quand tu veux.

- Ta mère est décédée. Je ne sais pas qui était cette femme, ni comment elle était. Mais souviens-toi que plus tes sentiments remonteront à la surface, plus libre sera ton expression corporelle. Et surtout plus vraie.

Le lendemain. Lundi. 10 heures. Je prenais un train pour Londres.

C'était une très mauvaise idée. Je le savais. Mais je savais aussi que j'étais prête à tout pour intégrer cette école. Elle était mon avenir, ma seule chance de donner un sens à ma vie. La danse était tout pour moi. Bien sûr, j'aimais chanter, comme le père le faisait, et jouer de la dombra, comme le père le faisait. Grâce à ça, j'avais pu gagner ma vie. Aujourd'hui j'avais besoin de plus. Je ne voulais plus survivre. Je voulais vivre. Et j'étais prête à affronter les pires souffrances de l'enfer pour y parvenir.

***

Mon portable sonna. Numéro inconnu. J'attendis quelques secondes, histoire de paraître détendue, et décrochai :

- Miss Boswell ?
- Oui ?

- Je suis l'inspecteur Davis, nous nous sommes vus le jour où…
- Oui, je m'en souviens.
- Nous aurions quelques questions à vous poser si vous voulez bien passer au commissariat de Birmingham sud.
- Je vous ai déjà tout dit. J'ai découvert son corps et je n'ai rien vu de plus.
- Il reste malgré tout des zones d'ombres. Nous ne retrouvons pas ce fameux Tom…
- Je ne peux pas vous aider. Désolée.
- Passez dans la semaine, mademoiselle, ou il me faudra une convocation officielle.
- Très bien. Je passerai dès que je le pourrai.
- Merci Miss Boswell.

À travers la vitre d'un wagon de seconde classe, je regardais le paysage défiler. Solihull, Warwick, Banbury, Bicester, High Wicombe, Wembley.

Un paysage, qu'à une autre époque j'aurais pu traverser à pied, en charrette, à cheval.

Un paysage qui avait vu naître mes ancêtres, venus de Roumanie et d'Espagne, venus de plus loin encore, d'un lieu inconnu. Pour toujours inconnu.

Je pensai alors à mon enfance. Une maison en parpaings construite en banlieue de Londres. Entourée de dizaines de maisons similaires. Des dizaines de familles. Des centaines de *gypsies*. Les soirées autour du feu. Les femmes qui dansaient, les hommes qui jouaient de la guitare et le père qui chantait. Oui, surtout le père qui chantait. Admiré, jalousé, vénéré. Le fils du dernier roi. *The gypsy king of Black Patch*. John Boswell. Marié à une gitane venue d'Espagne, María Flores. Et puis deux fils. Seulement deux. Le drame de la famille. Le *bàto*[15], Garridan. Le prince Boswell. Un prince après la révolution, la chute de nos monarchies, la chute des gangs, la chute des Boswell. Et puis Mihai. Celui qui voulait faire revivre l'âme des gitans, des tziganes, des *roms*, des nomades éternels de notre continent. Un idéal. Il était celui qui avait un idéal d'unité qui n'existera jamais. Les Boswell n'avaient eu que deux fils. Un héritage familial bien trop lourd à porter pour seulement deux corps. Une famille réduite. Soumise à la sédentarisation. Aux normes sociales. À la vie de l'Anglais moderne.

***

Je m'avançai au milieu de la foule jusqu'à atteindre enfin la tombe. Un prêtre était là, une bible ouverte entre ses mains. Les tantes. Les oncles. Les cousins. Des dizaines de gitans rassemblés. Non. Des centaines. Les tantes pleuraient et poussaient des cris feignant la douleur de la perte d'un être cher. Les oncles restaient silencieux, les mains croisées et la tête baissée. Les cousins discutaient en fumant leur gauloise.

---

[15] Père

Et Mihai, tendu comme un arc, derrière la stèle, surplombait l'assemblée.

Je relevai la tête. Le trou béant était à mes pieds. À gauche, les tantes me dévisageaient en respirant bruyamment. Les oncles, à droite, me lançaient des regards noirs.

Sur la stèle était écrit :

Liberty Noémie Vadoma Calard

(5 juillet 1968 – 29 janvier 2010)

Aishe observe les dizaines de gerbes, les croix et autres objets de curiosité déposés autour du trou de terre. Des statuettes de la vierge, des bijoux, des cadres photos. Elle sort une cigarette de la poche de son manteau et l'allume en prenant son temps. Les talons aiguilles de ses bottines noires s'enfoncent dans la terre. Elle tangue sur ses pieds avant de contourner la tombe et de retrouver un sol plus ferme. Il est hors de question qu'elle se laisse prendre au piège par la terre qui recouvrira le cercueil de sa mère. Tous la regardent mais elle n'en a que faire. Sa mère est morte. Et elle pense « Qu'elle pourrisse en enfer ! ». Elle fume lentement, sans se préoccuper des regards consternés qui se transforment bientôt en insultes. Les tantes murmurent. C'est Aishe. Non c'n'est pas elle. Mais si. Regarde ses yeux. T'as raison ma sœur, elle a les yeux des Boswell. Maudits soient les Boswell. Tais-toi *rawni*, Mihai est là. M'en fous, il l'a tuée. Comment ça il l'a tuée ? Pour elle, pour elle il l'a tuée. Il est le king. Ferme-la.

Non mais t'as vu ça ? Elle fume devant la tombe de sa mère. Quel culot ! *Lubni*. Elle vit avec les *gadjé* maintenant il paraît. Tant mieux, elle n'a plus sa place ici. Fuir, abandonner sa mère. Quelle honte ! *Lubni*. La ferme vieilles biques ! Vous n'avez pas bientôt fini ? Continuez et demain je vous retrouverai étendues dans vos lits la gorge tranchée.

C'est Roma, la plus jeune des tantes qui a parlé. En français. Elle a peur de Mihai. Elle en a d'autant plus peur qu'elle a toujours su qu'il aimait Aishe. À sa manière, peut-être, mais c'est bien de l'amour, pense-t-elle. Ce n'est pas de l'inceste, non. Se marier entre cousins se fait alors pourquoi ne pourraient-ils pas... Nous ne sommes plus au siècle dernier, se réprimande-t-elle. Nous ne voyageons plus. Nous n'avons plus de king, même si Mihai souhaite à nouveau prétendre au titre. Nous ne nous marions plus au sein d'une même famille. Elle tourne la tête vers Aishe qui écrase sa cigarette à quelques centimètres de la cavité. Elle a du cran. Le cran des Boswell. Elle garde la tête haute et ne verse pas une seule larme. Sacrée manouche que celle-là... Le visage fermé, hermétique à tous sentiments humains. La tante la trouve belle comme une princesse tzigane venue de l'Est. Elle peut s'habiller comme une *gadji*, travailler avec eux et rejeter sa famille. Son visage et son caractère la trahiront toujours. Elle ne ressemble pas aux tantes, les sœurs de sa mère, originaires du Sud-ouest de la France, dont les parents ont migré vers l'Angleterre après le traumatisme de la guerre. Elle ne ressemble pas à la grand-mère venue d'Espagne dans les années 50, aux yeux noirs et au teint basané. Elle ne ressemble pas non plus à sa mère, une femme quelconque qui vivait de l'argent que ramenait son mari et maudissait sa fille pour être ce qu'elle ne pourrait jamais être. Non. Elle ressemble à une Boswell. La tante, à cet instant précis où les cris des femmes montent dans les aigus pour se perdre à jamais dans l'air sale et humide, voit en cette jeune femme toute l'assurance et la liberté revendiquées par une princesse tzigane, une de celles qui sont venues jusqu'ici il y a bien des siècles, venues du Nord de l'Inde, parées de bijoux et de vêtements somptueux, considérées comme des aristocrates et protégées des seigneurs européens. Elle est de celles-là, se dit Roma. De celles qui portent sans le vouloir toute l'Histoire. Leur histoire.

Et la plus vieille des tantes. Les yeux révulsés vers le ciel. Le corps se balançant d'avant en arrière pour implorer le pardon de Dieu. Qui ne cesse de répéter *gammi, gammi*[16].

La pluie qui se met à tomber en rideaux épais. Le trou béant qui se remplit en quelques minutes à peine. Et le cercueil en bois recouvert de dorures qui disparaît sous l'épaisse mer brunâtre.

Et la plus vieille des tantes. Toujours en train de prier. Qui ne cesse de répéter à présent *armaj, armaj*[17].

Aishe sent la pluie glisser en minces filets froids le long de ses cheveux, puis de sa nuque, de son dos, jusqu'à stagner enfin aux creux de ses reins. Des reins qui, quand elle tourne le dos au trou dans lequel repose maintenant le corps de la mère pour l'éternité, attirent irrépressiblement le regard de Mihai. Les courbes d'Aishe ont changé, se dit-il. Elle n'était déjà plus une enfant quand il l'a connue. Le corps des gitanes grandit vite. À quatorze ans elles ressemblent à des femmes.

---

[16] Mauvais, mauvais
[17] Malédiction, malédiction

Mais aujourd'hui il se rend compte que les sept dernières années ont élargi ses hanches, galbé ses seins, creusé ses reins. Elle n'est plus une femme précoce, elle est une femme dont le corps, si elle avait vécu comme sa famille, aurait déjà crié son envie d'enfanter à tue-tête. Avoir des enfants, chez nous, c'est l'essentiel. J'en aurai, j'en aurai, se répète Mihai assez longtemps pour y croire.

Et la plus vieille des tantes. À genoux sur le sol boueux du cimetière. Le corps en transe. Qui ne cesse de répéter d'une voix rauque et chevrotante *beng, beng*[18].

***

Avant de repartir je me dirigeai vers l'écurie. Les chevaux y étaient entassés par dizaines. Je les avais toujours aimés. De loin. Car ils me rappelaient sans cesse notre *armaj* comme disait la vieille Manelle pendant l'enterrement.

- Tu veux monter ?

Mon cousin Harry venait de parler. Il ne semblait pas me regarder comme une étrangère. Au contraire, il souriait. Et à ce moment-là, je ne remarquai plus de laideur sur son visage imberbe et ingrat.

- Je ne sais plus faire.
- Laisse-toi guider.

---

[18] Diable, diable.

Il positionna son corps svelte derrière moi et me cacha les yeux de ses mains calleuses. Je respirai enfin. L'odeur de la bête qui sommeille. J'entendis enfin. Le cliquetis des sabots sur le béton. Je touchai enfin. Les pelages courts et humides sous mes doigts gelés. Puis il me libéra de son emprise et recula de quelques pas. Je souris à ce visage sans malice qui ne voulait pas mûrir. Voilà bien longtemps que je n'avais pas souri. J'arpentai à présent la grange à la recherche d'un cheval. Pas n'importe lequel. Un qui me comprendrait, me rassurerait et me protègerait.

Je m'avançai vers un étalon noir magnifique. Grand et musclé. Fort et solide. Je passai ma main sur l'encolure et le contournai pour lui faire comprendre que je l'avais choisi. Il ne protesta pas. Je lui saisis la tête et le forçai à me regarder. Le contact était établi. Je n'étais plus une femme et lui une bête. J'étais une âme et il en était une autre. J'étais un animal et il en était un autre. Je montai à cru en un éclair et sortis de l'écurie sous le regard médusé d'Harry.

- Tu veux pas savoir à qui il appartient ?
- Je le sais déjà, cousin.
- Tu devrais p't-être demander au propriétaire alors ?
- Il le sait déjà, *nebudo*[19].

Et en effet Mihai le sait. Au moment où elle a posé sa main sur l'étalon il l'a senti. Comme si elle l'avait posée sur son propre corps. Et ce contact le réveille d'un tourment qui dure depuis plus de sept ans. Aishe ne pensait pas que son instinct allait la mener au cheval de Mihai. Mais quand elle l'a regardé dans les yeux, elle a compris. Compris non seulement

---

[19] Cousin

qu'il était à lui mais aussi que personne ne peut échapper à son héritage. Elle n'a pu s'empêcher de vouloir monter sur le cheval. Le cheval de Mihai. Mihai. Toujours Mihai. Toujours Mihai malgré Django et malgré les autres. Toujours Mihai malgré sept ans de fuite. Toujours Mihai malgré l'aversion qu'elle a pour lui.

En l'espace de quelques minutes ce dernier la rejoint. Sûr de lui, sur une jument à la robe grise. Les cheveux noirs qui volent au gré du vent. Les yeux bleu nuit qui transpercent le ciel nuageux. Elle est partie au galop du côté des terrains vagues qui longent l'autoroute, derrière le mur en béton. Au loin les voitures passent, créant un murmure régulier autour d'eux. Elle le voit. Elle se refuse à le trouver beau. Elle refuse de s'approcher de lui. Au lieu de ça elle fait demi-tour pour s'éloigner. C'est vain. Il l'a vue et s'élance déjà à sa poursuite. Arrivé à sa hauteur, Mihai veut l'attraper par le bras mais elle s'esquive. Elle retire ses bottines à talons en trois temps, trois mouvements, puis se hisse, avec la grâce qui n'appartient qu'à son peuple, pieds nus sur la croupe du cheval. Elle ferme les yeux avant de se mettre en équilibre sur l'étalon qui avance au trot. C'est dangereux. Elle ne l'a pas fait depuis une éternité. Mihai arrête net sa monture et observe Aishe. Elle est belle. Les cheveux noirs qui virevoltent dans le vent. Les yeux bleu nuit qui transpercent le ciel. Elle se tient accroupie quelques minutes avant de pouvoir se dresser totalement sur la croupe du cheval. Si elle tombe, elle meurt. Mais Mihai ne fait pas un geste. Il sait qu'elle peut le faire. Qu'elle a besoin de le faire. Elle est une Boswell. Les Boswell ne font qu'un avec les chevaux.

Déjà plusieurs dizaines de cousins se sont rassemblés sur le terrain vague pour observer la cousine qui les a abandonnés sept ans plus tôt. Regarde la *simmensa* comme elle *kishel*. *Mira el gastré* ! *Es de Mihai*. *Shit*. Elle va se tuer. Non. Quoi non ? Elle n' peut pas s' tuer. C'est une Boswell. Elle est partie, c'n'est plus une Boswell. Eh Harry ? Tu n' voudrais pas t' caser avec elle ? T'es pas un Boswell toi, t'es un Calard. Connard. Tu veux que je me fasse buter ou quoi ? Bah quoi ? Elle n'est pas canon peut-être ? T'as des *lovés*, tu pourrais payer. Mais payer quoi putain ? Bah ton mariage. John la ferme. Harry c'est la dernière Boswell, si tu veux faire affaire avec Mihai.... J'ai pas besoin d'elle pour tafer avec Mihai ! Tu pourrais faire autre chose que des combats de coqs. Parfois je gagne. Alors profite de ton blé. Non mais t'es cinglé Tizio ou quoi ? On parle de ma cousine là ! Cousine très éloignée. Cousine quand même, putain. Bah si tu ne tentes pas, moi je tente. Tenter quoi John ? Ta cousine. Ça se voit que tu ne la connais pas. C'est une sauvage Aishe. M'en fous. Les mecs vous êtes barges. Vous attaquer à Mihai ? Quoi Mihai ? Bah Mihai ! Mais putain qu'est-ce que t'as avec Mihai et Aishe ? C'est son oncle. Faudra que je lui demande, c'est tout. Le jour où tu feras ça tu rentreras sans couilles. Pourquoi ? Il m'aime bien Mihai. Il est le king. Et ? Et personne ne prend ce qui est au king.

Mais John ne va pas s'en tenir là. Du haut de son mètre quatre-vingt-dix, il s'approche de Mihai qui contemple toujours les prouesses de la jeune femme.

- Eh Mihai ! Tu veux pas descendre ? Je voudrais te parler.

- Dis-moi ce que tu as à me dire mais je ne descendrai pas.
- C'est à propos d'Aishe. Elle revient avec nous ?
- Peut-être.
- Elle est mariée ?
- Pourquoi cette question ?
- Et bien j' me disais que...
- Que ? Que tu pouvais me demander sa main ?
- Oui.

Mihai met pied à terre avec une agilité et une lenteur extrême. Ses mouvements sont secs, organisés, prémédités. Aishe a fini son petit numéro de voltige, se rend compte qu'une foule d'hommes la regardent et met pied à terre à son tour. Mihai se tient devant John et le regarde de haut. Ils sont grands tous les deux mais le corps de son oncle est au moins deux fois plus large que celui du jeune homme.

Le visage fermé et la mâchoire crispée, Mihai attrape son interlocuteur par le cou et le met à terre d'un seul mouvement sec avant de lui cracher au visage. Il lui inflige ensuite une dizaine de coups à la figure et à l'abdomen. *Lo siento*[20], répète John. Aishe lève les yeux au ciel et reprend sa route vers le camp. Mihai la regarde s'éloigner sans essayer de la rattraper. Il doit faire passer un message et a besoin de plus de temps pour cela. Et puis, maintenant il sait où trouver Aishe. Il prie dans son for intérieur, tout en assénant plus de coups au jeune homme qui aurait dû tenir sa langue, dans un monde où les mots se pèsent, pour qu'elle ne déménage pas au cours des prochains jours.

---

[20] Désolé

J'entrai dans la maison de ma mère. Maintenant c'était la mienne. Elle était simple extérieurement mais, à l'intérieur, plus richement meublée que les autres, grâce à l'argent du père. Des canapés en faux cuir blanc, des miroirs dorés et du marbre au sol. Le goût des Calard en matière de design laissait à désirer. J'inspectai rapidement les lieux. Rien n'avait changé. Absolument rien. Le portrait du père à l'entrée, qui semblait surveiller les allées et venues d'un regard menaçant. Les poubelles pleines à craquer. Les mouches au-dessus de l'évier. Les deux centimètres de crasse sur le plan de travail.

Je ne pouvais pas m'éterniser. J'avais un train à prendre avant que Mihai ne croise à nouveau mon chemin et ne m'oblige à rester. Non. En fait, plus personne ne m'obligeait à rien désormais. Je vidai les placards et commodes du salon et de la chambre. Je lançai les vêtements de ma mère et les quelques bijoux qu'elle possédait dans un sac-poubelle. J'aurais pu en tirer un bon prix. Mais je ne voulais rien qui vienne de ma mère. Soudain je vis une vieille boîte à chaussures au fond du placard. Je m'assis sur le lit puis l'ouvris.

Des photos. Des carnets anthropométriques. Des cartes de circulations. Et puis une lettre. Une lettre du père.

Je la refermai vivement et la pris sous le bras avant de sortir de la baraque poisseuse. J'avais trouvé ce que je n'aurais jamais voulu trouver. L'histoire de mes ancêtres. Mon histoire. Et elle me faisait peur.

À la sortie du camp, je vis les mégères qui me servaient, aux yeux de la loi et de ma maudite hérédité, de tantes, assises sur des chaises en plastique blanc autour d'un feu. L'odeur âcre du pneu brûlé me piquait le nez. Je m'approchai, la tête haute, et jetai nonchalamment le sac rempli des affaires de ma mère dans le brasier. Toutes s'épouvantèrent, sauf la Roma, qui me fit un signe discret de la main au moment où je passai le portail sur lequel avait été inscrit par les Calard : « N'entre pas dans mon âme avec tes chaussures »[21].

***

Après deux heures de train et une bonne heure de marche dans les rues mal éclairées de Birmingham, j'arrivai enfin chez moi. Un homme louche fumait, avachi contre le mur de mon immeuble qui donnait sur la rue. Il me salua et je reconnus le tatouage sur sa main. Mihai l'avait envoyé pour me surveiller. J'étais vraiment dans un sacré pétrin. Je l'ignorai et entrai rapidement dans mon studio enterré. Je n'avais pas rouvert la boîte dans le train. Ce n'était pas le lieu. D'ailleurs ce ne serait jamais le lieu. Le problème étant précisément que nous n'avions pas de lieu.

À peine arrivée à destination, je reçus un appel de Django.

- Aishe…

---

[21] Proverbe manouche, repris par Paola Pigani dans son roman.

- Django...
- Seras-tu là samedi ?
- Je crois qu'il ne vaudrait mieux pas.
- S'il te plaît. C'est important pour moi.
- ...
- Aishe...
- Bien. J'y serai.
- Merci.

Les conversations avec Django étaient toujours courtes. Pas d'effusion, pas de « je regrette », pas de « j'ai besoin de toi ». Et cela me convenait très bien ainsi.

Je m'assis en tailleur sur le lit et ouvris enfin la fameuse boîte.

Et maintenant qu'elle peut se rendre compte de l'étendue du passé des Calard et des Boswell, ses mains en tremblent. Elle arrive à peine à tenir une photo sans la faire tomber. Elle serre ses deux mains l'une contre l'autre et tente de refréner les tremblements. Inspire, expire Aishe, comme avant une prestation de danse. L'odeur qui s'échappe de la boîte en carton lui pique le nez. Une odeur de renfermé, mais aussi de misère. Le temps est passé mais malgré tout l'odeur est restée, s'immisçant dans le corps d'Aishe par tous les pores de sa peau cuivrée.

Elle commence par observer ce qui fait le moins mal. La lettre du père étant ce qu'elle redoute le plus. Le père n'écrivait jamais. Il avait appris mais n'aimait pas. Il préférait les discours, les négociations houleuses avec les autorités ou les autres communautés, les bagarres quand elles s'avéraient nécessaires pour régler un conflit. Mais écrire, jamais. Les paroles sont éphémères, à peine prononcées, les voilà déjà qui s'envolent dans l'air pollué pour se faire oublier à jamais. Alors que ce qui est écrit reste gravé, à jamais. Le père Boswell avait peur de l'éternité.

La photo de la grand-mère espagnole retient son attention. Elle est abîmée mais n'enlève rien à la beauté mystérieuse de la jeune femme qu'elle avait été, une cinquante d'années plus tôt. Elle a de grands yeux noirs entourés de khôl, un nez épaté, un petit front et de longs cheveux noirs tressés de part et d'autre de son visage. Ce n'est pas le visage d'une jeune fille innocente. Elle doit déjà avoir vingt ou vingt-cinq ans au moment où a été prise la photographie. Elle regarde l'appareil sans ciller. Sûre de sa position, de son allure, de sa puissance. Elle est la femme du dernier king de Birmingham, respecté, écouté, redouté. María Flores, venue d'Espagne, on ne sait comment, on ne sait avec qui, on ne sait quand. Le grand-père l'avait rencontrée dans les années 60. Il était tombé amoureux à la manière d'un conte de fées au milieu de la crasse. Elle n'avait rien et il possédait tout. Elle ne savait ni lire, ni écrire, ni parler anglais. Elle ne parlait que le *caló* mais quelques mots de romani avaient suffi à se faire comprendre par le grand-père. Elle voulait tout ou rien, c'est ce que le père avait raconté à Aishe. Il vénérait sa mère parce qu'elle ne possédait ni cheval, ni caravane, ni guitare. Et du jour au lendemain elle a eu Birmingham, des dizaines de chevaux, de caravanes et de guitares.

Aishe souffle, se dit qu'elle aurait aimé être une Anglaise normale. Ne pas vivre dans une famille aux origines diverses, où l'on parle anglais, romani, *caló* et français. Où l'on ne sait pas d'où l'on vient, mais où on est fier de cet inconnu. Fier d'être différent et de préserver ses valeurs envers et contre tout. Envers la mairie qui évacue les terrains occupés, les voisins qui crient au scandale face aux poubelles qui s'entassent, la police qui craint toujours de retrouver les restes d'un braquage ou l'arme d'un crime. Les Boswell ne sont pas comme ça. Ils s'arrangent avec la loi, la contourne, mais la respecte cependant. Aishe sait que Mihai a déjà tué. Mais il n'est pas mauvais pour autant. Comme son père, il n'a jamais tué sans raison. Et il est assez malin pour ne jamais se faire prendre. Ni lui, ni les *gadgé* qu'il embauche pour régler les comptes.

Elle sort ensuite de la boîte un carnet anthropométrique, vestige d'une histoire que la France voudrait oublier. France, que les Calard, ne voulant plus vivre dans ce pays qu'ils jugeaient meurtrier, ont quitté pour l'Angleterre. Le carnet appartient à une certaine Jeanne Calard et est daté de 1937. Les deux photographies en haut à gauche sont celles d'une femme au visage rond et sans beauté, de profil et de face. Elle est présentée comme étant vannière. Tous les gens du voyage étaient vanniers. Elle mesure 1,53 mètre, sa tête fait 14 centimètres de large et 25 de haut. Ce qui semble être des proportions « tziganes » selon le document. La couleur de ses iris est « marron », la « périphérie » est « marron » également. Ses cheveux sont « châtain clair ». Son teint est de « pigmentation marron », sa « sanguinolence » également. Aishe se demande bien comment ils ont pu connaître la couleur de sa « sanguinolence », puis, après quelques secondes de réflexion, elle décide qu'elle ne préfère pas savoir. La base de son nez mesure 1,2 centimètre. Et alors

Aishe imagine un sous-fifre de l'administration française avec une règle qui s'approche de la femme, l'air dégoûté par la puanteur de sa robe et ses cheveux crasseux noués en arrière, et qui mesure avec précision la base de son nez. L'âge apparent indiqué est de 20 ans. Aishe lui en aurait donné le double. Puis, au milieu de la page de droite sont indiquées les « marques particulières ». Il y a une série incompréhensible de chiffres et de lettres qui sont annotés d'une écriture italique : « i r j 3 h g 2 j m f l ». Voilà tout ce qu'Aishe saura de cette ancêtre française inconnue.

Elle sort une dizaine de photographies de la boîte. Sur certaines, elle reconnaît le père ou la mère, ou bien les deux. Mais quand ils sont côte à côte ils ne sourient jamais, ne se touchent pas, ne se regardent pas. Ils fixent l'appareil, tentent de ne pas cligner des yeux et font leur devoir. Viennent d'abord nos devoirs en tant que *gypsies*, ensuite nos devoirs en tant qu'Anglais, et enfin nos droits, disait le père. Sur d'autres photographies, elle reconnaît les tantes. La plus jeune, Roma, qui lance un clin d'œil au photographe. Lola, Sabrina et Perle qui sont de marbre, le visage inexpressif. Et Manelle, la vieille, qui déjà sur la photo paraissait vieille alors qu'elle ne devait pas avoir plus de trente ans. Manelle tient un chapelet entre ses mains et semble prier, les yeux fermés, la bouche entrouverte. Cette femme ne fait que prier toute la sainte journée, se dit Aishe.

La lettre du père est froissée. La jeune femme a tout de suite reconnu sa signature en la dépliant, bien qu'elle ne soit plus très lisible, c'est pour cela qu'elle n'a pas voulu la lire. Si le père a pris un jour la peine d'écrire, c'est pour une bonne raison. Et la raison lui fait peur. Elle noue ses cheveux noirs en chignon au-dessus de sa tête, inspire, expire puis prend la lettre à deux mains, la déplie et commence à la lire.

Mon frère,

Je pense rentrer dans quelques jours à Londres. J'ai rencontré une femme en Bulgarie, je la ramène en Angleterre. Elle vivra chez la cousine Killy le temps que j'en parle à Liberty. Je ne sais pas comment elle va réagir, mais je peux plus continuer avec elle. Ce n'est pas parce qu'elle n'a pas pu me donner d'enfant, enfin pas seulement. Elle ne m'a jamais aimé tu sais, ce n'est pas aujourd'hui que l'amour va lui tomber sur la tête.

Mon frère, j'espère que t'as pu négocier avec le maire pour les nouveaux logements. Si je n'ai pas de fils, tu sais que ce sera à toi de gérer ça quand je mourrai. J'ai confiance en toi, tu sauras conduire les nôtres, tu ressembles au père.

Je n'aime pas écrire, les mots ne me viennent pas, alors je vais faire vite. Je vois comment tu regardes ma fille, mon frère. Elle te plaît et peut-être que tu lui plairas dans quelques années. Je veux ce qu'il y a de mieux pour elle. Elle est belle, intelligente. Je veux qu'elle fasse des études, qu'elle sorte de ce merdier et qu'elle vive avec les gadjés. Oui, tu m'as bien compris, elle mérite mieux que les terrains vagues, l'eau froide, l'odeur de pneus cramés et des gosses qui s'accumulent dans la crasse. Je suis riche, je lui donnerai mon fric et elle s'achètera un appartement en centre-ville. Elle aura son bac, ira à l'université et deviendra professeur, médecin, avocat ou ingénieur. Et si elle n'y arrive pas, elle aura au moins l'opportunité de se marier à un professeur, un médecin, un avocat ou un ingénieur. Elle n'est pas ta nièce et tu n'es pas son oncle. Aucun lien du sang ne t'empêcherait d'être avec elle. Mais ce n'est pas ce que je veux. Alors oublie-la mon frère, évite ses yeux bleus et regarde les autres femmes, des femmes de vingt ans qui seraient prêtes à se plier en deux pour toi. Parce qu'Aishe ne se pliera jamais en deux pour aucun homme. C'est comme ça que je l'ai éduquée.

Garridan Boswell, 8 mai 2002

Après cela, Aishe ne se souvient plus de rien. Son corps devient lourd. Il tombe violemment sur le lit. Sa tête se cogne contre le mur et un voile noir lui couvre la vue. Elle plonge dans l'obscurité. Son cœur bat la chamade. Son esprit lui crie de se ressaisir. Mais son corps ne veut pas. Il reste immobile sur le lit. Pénètre dans un trou noir et ne veut plus en sortir. En sortir pour quoi ? Elle n'est rien. Elle n'est personne. Elle n'est ni une Boswell ni une Calard. Elle n'a ni passé, ni futur. Elle est seule et son corps ne veut plus être seul. Mieux vaut le néant à la solitude. Car la solitude n'est qu'un néant qui a conscience de la compagnie que lui ont refusée les autres.

***

- Je vous en prie, asseyez-vous mademoiselle Boswell.
- Merci.

- J'ai une bonne et une mauvaise nouvelle pour vous.
- Je vous écoute.
- La bonne c'est que nous avons pu extraire l'ADN de l'assassin sous les ongles de la victime.
- Kate.
- Quoi ?
- Elle s'appelle Kate.
- S'appelait Kate.
- Chez nous, on ne parle pas des morts.
- Je vois... d'ailleurs j'ai fait quelques recherches sur vous. Ne devriez-vous pas être en période de deuil ?
- Dites-moi ce que vous voulez et finissons-en.
- L'ADN n'est pas le vôtre.
- Bien entendu.
- La mauvaise nouvelle pour vous, c'est que vous connaissez le tueur.
- Je vous ai dit que c'était son mac, je ne le connaissais pas vraiment.
- Est-il membre de votre famille ?
- Bien sûr que non !
- Alors il n'est pas le tueur. L'ADN n'est pas le vôtre mais il a un lien de parenté avec le vôtre. Il s'agit d'un père, d'un frère ou d'un oncle.

Je ne pus m'empêcher de rire. La situation était à la fois tragique et comique.

- J'ai bien peur de ne rien pouvoir faire pour vous dans ce cas.
- Je sais que vous n'avez ni père ni frère mais vous avez un oncle... et un oncle bien connu des services de police de Londres qui plus est.

- Je ne suis pas une Boswell.
- Pardon ?
- J'ai été adoptée. Il ne peut pas s'agir de Mihai Boswell.

J'avais pitié du policier rougeaud qui se tenait face à moi en salle d'interrogatoire. Il pensait vraiment avoir une piste pour coincer un *gypsy* mafieux. J'aurais aimé l'aider, être débarrassée de Mihai. Mais non, il n'était pas mon oncle et je n'étais pas sa nièce. Cette idée me donna envie de vomir. Je sortis en courant du commissariat de Birmingham.

***

Chez nous on ne parle pas des morts. C'est ce que j'avais dit au flic, et c'était vrai. Kate je l'aimais bien. Mais, après tout, elle n'était qu'une de plus sur la liste des personnes que j'avais perdues. Les morts on les oublie. Ils ont vécu sur Terre parmi nous, et après ils ne sont plus là. Il ne sert à rien de parler de ce qui n'existe pas.

En me rendant au studio de danse, je pensais à la mort. Pour la première fois de ma vie je pensais à ma mort. Et c'est alors que je me rendis compte que j'avais passé trop de temps avec les *gadjés*. Les *gypsies* ne pensent pas à la mort. On vit le présent, sans se préoccuper ni du passé, ni du futur. Je n'avais pas peur de quitter ce monde. J'avais mal vécu mais peu importe. Je pensais faire mieux dans ma prochaine vie, apprendre de mes erreurs.

Depuis quelque temps déjà je n'arrivais plus à imaginer la figure du père. Ma mémoire avait effacé peu à peu ses traits. J'avais vu son portrait dans la maison, mais ce n'était pas lui. Ce n'était qu'une pâle représentation. Alors parfois je voulais voir son *mulo*[22]. L'idée n'était pas saine, je n'étais pas une de ces femmes manouches superstitieuses. Mais j'aurais tout donné pour le revoir une dernière fois, pour qu'il me conseille, pour qu'il me protège. Le père. Malgré tout c'était toujours pour moi le père. Il m'avait élevée comme sa fille et m'avait aimée comme sa fille. Alors oui, j'aurais aimé qu'il me rende visite pendant mon sommeil et me guide. Chez nous on croit à ces choses-là. Les morts sont. Les morts vivent. Les morts ne sont pas morts. Mais il faut les oublier. Ils sont ailleurs, en dehors de notre monde. Pourtant, j'avais bien envie que Liberty brûle en enfer. Je n'avais pas été attristée par la mort du père. J'avais pleuré, par coutume. La mort est une fatalité, on n'y peut rien. Mais ce n'est pas triste la mort, c'est le début d'un recommencement. Le père me manquait. J'avais parfois le cœur serré en pensant à ce qu'il avait été. Cette réaction était égoïste. Il était sans doute bien mieux là où il se trouvait maintenant qu'il ne l'avait jamais été de son vivant avec une pauvre femme qui ne l'aimait pas.

Jess avait l'air abattu ce jour-là. J'avais choisi une nouvelle musique et je m'entraînais à une nouvelle chorégraphie pour le concours. Mais elle était ailleurs. Elle regardait par la large baie vitrée l'eau qui ruisselait sur la vitre, les bras croisés, le regard vide. Je n'étais pas douée pour

---

[22] « Mort-vivant » en romani.

parler aux autres, les réconforter. Mais c'était Jess, et je l'aimais comme une mère.

- Qu'y a-t-il ?
- Rien Aishe. Je suis d'accord avec ton choix de musique, c'est bien mieux.
- Dis-moi ce qui te tracasse.
- Je vais divorcer.
- Mais tu n'es pas séparée de William depuis plus d'un an ?
- Si, mais le divorce, c'est une autre étape.
- Je suis désolée.
- Ne le sois pas. Nous nous sommes aimés mais le temps est passé, et l'amour avec.
- Y a-t-il des amours qui durent toute la vie ?

Elle se retourna vers moi, un petit sourire aux lèvres. Elle ne me voyait pas si romantique, et moi non plus. À cet instant je pensai à Mihai. J'étais incapable d'aimer, et pourtant, si j'avais pu, Django aurait plus mérité mon amour que Mihai. Mais le visage de celui qui n'était plus mon oncle me hantait. Je me détestais. Sept ans. Sept ans et toujours ces souvenirs. Les souvenirs de ce qui ne pouvait être de l'amour. Comment peut-on aimer à quinze ans ? Comment peut-on aimer à quinze ans un homme qui en a dix de plus que vous ? Comment peut-on aimer à quinze ans un homme qui en a dix de plus que vous et que vous croyez être votre oncle ?

- J'ai connu un garçon quand j'étais à la fac. Je suis tombée amoureuse de lui dès que je l'ai vu. Il était beau, parlait comme un intellectuel... et chantait divinement bien.
- Que s'est-il passé ?

- On est sortis ensemble quelques mois puis il est parti en Australie. On lui proposait un super travail, ce dont il avait toujours rêvé. Il voulait vivre au bord de la mer, sous le soleil et les palmiers. Mais moi je suis entrée au conservatoire à Londres. Aujourd'hui je quitterais tout pour le suivre.
- Tu l'aimes toujours ?
- C'était il y a presque trente ans mais je l'aime toujours. Et toi, l'aimes-tu toujours ?
- De qui parles-tu ?
- Je te connais Aishe. Quelqu'un est entré dans ta vie il y a peu. Je te sens comme... hantée.
- Les fantômes me hantent oui.
- Je ne t'ai jamais posé de questions sur ton passé, et je ne commencerai pas aujourd'hui. Mais laisse-moi te donner un conseil. Libère tes sentiments, tes peurs, tes souffrances et danse avec. La danse t'aidera comme elle m'a aidée après le départ de mon premier amour et comme elle m'aide aujourd'hui avec le départ de William.
- Peut-on aimer à tout âge Jess ?
- Il y a des vieux qui s'aiment.
- Et des jeunes ?
- C'est un amour différent, je dirais. Il y a des enfants qui s'aiment, je crois, c'est mignon. `

Oui, des enfants s'aimaient peut-être entre eux, en jouant à la poupée ou à la dinette. En se serrant l'un contre l'autre sur la photo de classe. Plus tard, en se donnant rendez-vous devant le cinéma. Mais finalement, ce qui me nouait l'estomac, ce n'était pas la différence d'âge, c'était que je croyais qu'il était mon oncle. Et je ne m'étais pas posé de questions. Je savais au fond de moi que quelque chose clochait, mais je n'avais jamais rien fait pour le repousser. Je n'en avais jamais eu envie. J'étais consentante.

J'eus alors besoin de danser. Danser sans m'arrêter. La danse, la musique et moi. Il n'y aurait que nous trois pour l'éternité. Ma Sainte Trinité. Pas de Mihai orgueilleux, pas de Django amoureux, pas de Kate morte, pas de flics idiots, pas de Manelle qui prie, pas de Roma indulgente, pas de Jess qui m'observe, pas de concours. Pas d'espace. Pas de temps. Juste la danse, la musique et moi. Pour toujours.

Et un, deux, trois, quatre, cinq, six, sept et huit.

Et un, deux, trois, quatre, cinq, six, sept et huit.

Et un, deux, trois, quatre, cinq, six, sept et huit.

Cambré. Plié. Chassé. Demi-plié. Enroulement. Grand jeté. Chute au sol. Pirouette jazz. Rond de jambe.

Et cambré, plié, chassé, demi-plié, enroulement, grand jeté, chute au sol, pirouette jazz, rond de jambe. Et cambré, plié, chassé, demi-plié, enroulement, grand jeté, chute au sol, pirouette jazz, rond de jambe.

Je dansais sur un nuage. Un nuage de fumée qui flottait dans les airs. De là-haut, je dominais les humains qui s'activaient comme des fourmis dans la ville grise. Mon nuage ne serait jamais blanc. Il sentait l'humidité, la poussière et le renfermé. Mais je dansais tout de même, sans m'arrêter, jamais. Les souvenirs de ce qu'avait été ma vie se bousculaient dans ma tête. Ils revenaient au galop et m'encerclaient. Et, prise au piège, je dansais.

Ku vate moti c'ish nje here
Kur u e ti zemir duhshim
Shume mire

Et je me souvins d'un soir de juillet 2003. Il faisait chaud. Il ne pleuvait pas. On fêtait la fin du deuil du père.

O lule lule, O lule lule
O lule lule mac mac
E u per ti, e u per ti
E u per ti jame dal pac
E dal pac, e dal pac
E dalle pace ish verteta

Et je me souvins que je portais une magnifique robe blanche à fleurs rouges que Liberty ne voulait pas que je porte. Et lui portait une magnifique chemise blanche cintrée que je ne voulais pas qu'il porte.

Ku vate moti
Ce nder truit me mbaje
E se vdisie malli

Non cenu me shihie

Et je me souvins que nous avons dansé ensemble. Les gens riaient mais moi je ne riais pas. Je regardais ses grands yeux bleu nuit sans ironie. Je passais mes doigts dans sa chevelure noire et douce et me collais plus près de lui. Il me souriait et m'entraînait dans une danse rapide dont je ne saisissais pas tous les mouvements. Tout ce que je percevais distinctement, c'était son torse contre ma poitrine, sa main ferme dans le creux de mes reins, son sourire qui dévoilait des dents parfaitement blanches.

O lule lule, O lule lule
O lule lule mac mac
E u per ti, e u per ti,
E u per ti jame dal pac
E dal pac, e dal pac
E dalle pace ish verteta

Les paroles de la chanson exprimaient ce que je n'aurais jamais pu m'avouer. Il me voyait comme une fleur qui n'avait pas encore éclos au milieu d'un monde qui ne me méritait pas. Ce soir-là, il n'avait eu d'yeux que pour moi. Et les soirs suivants il n'eut d'yeux que pour moi. Puis j'étais partie et il m'avait cherchée. Pendant sept ans il m'avait cherchée. Ces paroles étaient celles de Mihai, celles qu'il n'aurait jamais pu me dire mais qu'il aurait pu penser.

Et dans un dernier élan, je chutai au sol.

***

Quand elle entre dans l'Église, tous les regards se braquent sur elle. Elle porte une longue robe rouge, un manteau noir et des escarpins noirs. Elle reste au fond de la bâtisse glacée et observe la scène. Le prêtre s'apprête à parler, face à Django et à sa future femme. Aishe la connaît. Elle l'a déjà vue une ou deux fois. C'est une adolescente de dix-huit ans plutôt jolie, avec de longs cheveux châtains et des yeux noirs, malgré son corps juvénile.

Django regarde Aishe, comme pour lui poser la question une dernière fois. Si tu ne veux pas que je me marie, c'est maintenant ou jamais. Mais la Boswell reste impassible. Elle ne veut pas l'influencer. Elle ne pourrait jamais lui offrir ce qu'une *rom* de sa communauté peut lui offrir. Sa virginité. Son cœur. Sa fidélité. Elle fera les courses et préparera à dîner. Elle gardera les enfants pendant qu'il ira jouer du violon dans les bars de Birmingham. Aishe serait bien incapable de faire cela. Elle se bat pour sa liberté. Et la liberté signifie pour elle : ni mari, ni enfant. Ainsi, tu ne dois rien à personne, et personne ne te doit rien.

Les hommes sont tous en costume, du gel sur les cheveux, la barbe rasée. Les femmes portent des robes plus ou moins courtes, décolletées, colorées, pailletées. Aishe lève les yeux au ciel en observant la robe de la mariée. Elle est blanche. Courte devant et longue derrière. Avec des perles, des paillettes et des dizaines de volants. Elle porte un collier et un diadème de faux diamants. Oui, des faux diamants, parce que les Roumains ne peuvent pas s'en offrir de vrais. Ils sont plus pauvres que les *gypsies* anglais. Le mariage d'Aishe aurait été le plus beau du siècle. Elle aurait eu un carrosse, de l'or et des diamants. Il y aurait eu des milliers d'invités, venus des quatre coins du pays pour assister au mariage de la dernière Boswell. Mais cela ne s'est pas fait et ne se fera jamais.

Aishe veut partir. Sa place n'est pas dans cette église. Sa place n'est aux côtés d'aucun homme. Sa place est sur un cheval, au bord de l'eau, à prier Sainte Marie de la Mer pour qu'elle lui donne une chance de vivre de la danse.

Ils échangent les alliances, s'embrassent furtivement puis se dirigent vers la sortie. En passant devant Aishe, la jeune mariée prend un air supérieur et lui fait la grimace. Mais elle n'a que faire des caprices d'une enfant. La foule s'éparpille et se dirige vers la salle louée pour la fête, à quelques centaines de mètres. Les hommes se pressent autour d'Aishe. Ils veulent savoir de quelle communauté elle est, quel âge elle a, si elle est déjà mariée. Elle leur sourit mais leur fait comprendre que ce n'est pas possible. Qu'elle n'est pas possible.

- Aishe Boswell ? T'es la *manušni* [23] de Mihai ?

C'est un jeune homme qui vient de parler avec un fort accent romani. Il est beau et ressemble un peu à Django. Un frère ou un cousin. Grand. Les cheveux noirs mi-longs. Les yeux noirs. Et un air timide qui le rend désirable.

- Je ne suis pas sa femme.

---

[23] Femme

- Je croyais. Il est plutôt secret comme type, mais il cherchait une nana la dernière fois que je l'ai vu.
- Comment le connais-tu ?

Ils se dirigent vers le buffet mais se tiennent à l'écart du reste des invités.

- Je bosse pour lui.
- Dans quel cadre ?
- Si t'es pas sa *manušni*, je suis pas sûr de pouvoir t'le dire.
- Je suis sa nièce. C'est moi qu'il cherchait.

Le jeune homme sourit et offre un verre de vin à Aishe puis ils vont s'asseoir à table. Django la cherche du regard, la voit, puis va les rejoindre. Il n'est pas tendu. Il a fait ce qu'il fallait. Il a accompli son devoir. Pour Aishe. Il ne l'aurait jamais enfermée dans une caravane à laver les fringues et le cul des enfants. Mais maintenant qu'une autre femme est disposée à le faire, il est presque soulagé. Ce n'est pas ce qu'il veut pour Aishe. Il veut qu'elle vive ses rêves, qu'elle devienne danseuse, qu'elle prenne sa place dans la société. Lui, il restera dans l'ombre, près d'elle, à attendre. Toujours. Le moindre mouvement, le moindre sourire, le moindre signe. Il sait qu'elle est trop détruite pour aimer. Mais il a envie de la reconstruire. Elle aura d'autres hommes. Elle se jouera de lui. Elle le repoussera. Il s'en fiche. Il veut être *l'ombre de son ombre*.

- De quoi vous parlez ?
- De son oncle, Mihai Boswell, je travaille pour lui.
- C'est lui le mafieux de Londres ?
- Je ne fais que boxer pour lui. Je gagne toujours.

- Aishe ?
- Oui ?
- Ton oncle a une putain de réputation.
- Laquelle ?
- Il est le chef d'une petite mafia de *gypsies*. Il y a des dizaines de mecs prêts à tuer pour lui.
- Je sais.
- Je ne pensais pas que vous aviez un lien de parenté… et encore moins que tu le voyais.
- Qui t'a dit que je le voyais ?

Quand Aishe croise le regard de Django, elle y trouve de l'inquiétude. Soudain, il s'approche d'elle, la tire par le bras et l'emmène à l'extérieur de la salle de réception. Le boxeur ne s'en offusque pas et se dirige vers la piste de danse.

- Qu'est-ce que tu fais Django ?
- Ce type est dangereux.
- Tu ne sais rien de ma famille. Elle est grande et puissante.
- Ils n'auraient jamais accepté un *rom* comme moi.
- Django…
- Écoute-moi. Mon cousin bosse pour ton oncle parce qu'il n'a pas le choix. Il veut se faire le plus de fric possible pour pouvoir bien se marier après. Mais j'aime pas savoir qu'il boxe pour Boswell. C'est un tueur Aishe. Je crois même qu'il a monté un réseau de prostitution…
- Django, ce ne sont pas tes affaires. Ni les miennes. Je ne vois pas Mihai et il ne me raconte pas sa vie.
- Bien.

Un long silence s'en suit. Ils s'observent l'un l'autre. Ils sont beaux. Mais Aishe a quelque chose que Django n'a pas. Une aura. Elle se tient droite, la tête haute. Ses cheveux noirs attachés en un épais chignon. Ses yeux bleu nuit qui vous glacent le sang quand vous les fixez trop longtemps. Django est beau, mais d'une beauté fade. Les Boswell sont beaux, mais d'une beauté céleste. Ils ressemblent à des démons déchus, condamnés à errer sur Terre.

Derrière la salle, une dizaine de *roms* ont allumé un feu et jouent de la guitare. Le jeune marié s'assoit dans leur cercle. Aishe se tient derrière. Elle a envie de chanter ce soir, en l'honneur de la terre mère de Django. Ce sera son cadeau de mariage.

Keren savorale drom, te khelel o puro rom,
o puro rom te khella amari voja kerla.

Duj duj desuduj, csumidavme lako muj,
lako muj si rupuno, tah o savo szomnakuno.

O temerav, tena csacsipo phenav,
lako muj si rupuno, tah o savo szomnakuno.

Keren savorale drom, te khelel o puro rom,
o puro rom te khella amari voja kerla.

Duj duj desuduj, csumidavme lako muj,
lako muj si rupuno, tah o savo szomnakuno.

O temerav, tena csacsipo phenav,
lako muj szi rupuno, taj o savo sumnakuno.

Au fur et à mesure que les heures s'écoulent, Aishe danse, chante, boit et fume. Elle en est à sa sixième bière et à sa quatrième cigarette. Maintenant elle titube plus qu'elle ne danse. Elle crie plus qu'elle ne chante. Django la rattrape quand elle tombe. Django rit quand elle s'époumone. Django l'observe quand elle bouge ses hanches.

Alors que la nuit s'est teintée d'un noir d'encre depuis longtemps, ils se lèvent et partent sans un mot. Ils se sont regardés toute la soirée et quelque chose, à un moment, s'est déclenché. Cet instant précis où une même pensée traverse deux esprits. La rencontre muette de deux vies qui auraient aimé n'en faire qu'une. Ils marchent jusqu'à la caravane de Django et ne pensent pas aux conséquences. Le sentiment de liberté les rend encore plus jeunes, plus innocents, plus entêtés. Elle avait dit que non. Encore quelques minutes plus tôt elle se disait que non. Jamais. Jamais avec Django. Il pourrait faire naître ce qui ne peut exister.

Et là, face à lui, je ne savais plus quoi faire. Dans l'espace réduit de sa caravane nos bras se frôlaient, nos chaussures se touchaient. Je n'étais pas sûre de vouloir coucher avec Django. Mais c'était la seule manière que je voyais pour lui montrer qu'en moi, quelque part, au fond, très loin, quelque chose s'était contracté, quelques secondes, puis avait battu vite, vite, vite. Ça s'était produit devant le feu, je soulevais ma robe pour danser, j'avais l'esprit embrumé par la bière et je riais sans être heureuse.

Il aurait dû être avec sa femme mais je n'avais pas envie de le lui rappeler. Il me glissa un "je t'aime" à l'oreille et moi je plissai les yeux. C'était bien trop romantique. Ce n'était pas fait pour moi tout ça. Il m'embrassa, je l'embrassai, nous nous embrassâmes. Je passai mes deux bras derrière sa nuque et l'attirai vers moi. Je vis dans ses yeux qu'il était devenu fou. Il bougeait vite, trop vite. Et moi j'essayais de ne pas rester de marbre. Mais mon corps était parcouru de haut en bas par un fil de marbre qui lui permettait de tenir debout.

Alors que nos deux corps glissaient vers la couchette étroite de la caravane, des coups tambourinèrent à la porte. Je pris un certain temps pour comprendre ce qui se passait. J'étais Aishe Boswell, une fille venue de nulle part, et je n'avais rien à faire là. Je regardai Django qui reboutonnait sa chemise à moitié ouverte et lui lançai un sourire. Lui, avait un air triste que je ne lui connaissais pas. Il me tendit la main et me dit "reste". Mais j'étais lâche, et surtout bien trop peu sûre de moi. Une *chicarela*[24], voire une tuerie, pour moi, n'en valait pas la peine. J'ouvris la petite fenêtre arrière, remerciai Sainte Marie de la mer pour m'avoir pourvu d'un corps frêle, et m'extirpai vers l'extérieur, les chaussures à la main.

À quelques mètres de la caravane, je risquai un coup d'œil en arrière. Django me regardait par la fenêtre comme si c'était la dernière fois. Et je savais que c'était peut-être la dernière fois. Les coups à la porte se firent de plus en plus violents puis des hommes entrèrent en hurlant. Ils n'allaient pas me voir. Django sortirait une excuse. Et la vie reprendrait son cours normal.

Je longeai pieds nus le parking où stationnaient des dizaines de voitures. Dans l'une d'entre elles j'aperçus la

---

[24] Bagarre (caló)

jeune mariée qui soufflait dans des ballons d'hélium avec deux autres *cachías*[25], avant de se mettre à pouffer d'un rire aigu. En effet, la vie reprenait son cours.

J'avais payé le taxi pour venir, mais il ne me restait plus rien. C'était toujours ainsi avec moi, je prévoyais le présent, mais pas le futur. J'avais prévu l'aller, mais pas le retour. Alors je continuai à marcher, pieds nus, parfois sur le bitume, parfois sur l'herbe humide, parfois dans la gadoue. Peu m'importait. En sortant du camp des tziganes de Roumanie, j'avais l'esprit ailleurs. Instinctivement, mon corps se dirigea vers la route fréquentée qui menait au périphérique de Birmingham. Les pensées se bousculèrent dans ma tête, les visages, les noms, les paroles, les actes. Et puis quand un phare jaune m'éblouit, plus rien. J'avais fait le vide en une fraction de seconde. Le vide me rendait ma liberté. J'étais libre. À nouveau libre.

***

Il est trois heures du matin quand il est appelé par Jack. Mihai l'a posté devant l'immeuble d'Aishe pour surveiller ses moindres faits et gestes, et il a confiance en lui. Sauf que ce soir, le coup de fil tombe mal. Mihai sort de l'édifice insalubre, en rogne, suivi par une dizaine d'autres *gypsies*. Son boxeur a perdu le combat. Et lui a perdu beaucoup d'argent. Alors quand il s'avance vers le bar le plus proche, les poings fermés dans les poches de son long manteau noir,

---

[25] Femmes (caló)

la mâchoire serrée et les traits tirés, il n'a aucune envie de recevoir une mauvaise nouvelle de la part de son bras droit.

Aishe est partie en début d'après-midi et elle n'est pas revenue. Jack guette mais elle n'est pas là. Pas de lumière. Pas de mégot de cigarette, ni de pas de danse qui résonnent dans la cour. Rien.

Mihai laisse tout en plan, monte précipitamment dans sa voiture et quitte Londres. Pour lui, il y a deux possibilités. Ou il lui est arrivé quelque chose. Ou elle est avec un mec, et sans doute un *gadgé*. Et aucune de ces deux possibilités ne lui convient. Quand il pense à Aishe, il n'a plus de raison. Il n'a qu'une rage, jusque-là enfouie, qui surgit et se répand, comme un fléau, dans tout son corps. Une rage primitive qu'il savait contrôler, avant et après Aishe. Mais quand elle fait partie de son présent, l'instinct reprend le dessus.

Telle une bête assoiffée, il roule sur l'autoroute en direction de Birmingham. Cent-trente à l'heure. Cent-quarante. Cent-soixante. Cent-quatre-vingts.

Chez Aishe, il retrouve Jack. Il attend les ordres. Prêt à agir. Le soldat qui respecte la hiérarchie et s'en contente.

Mihai s'assoit sur le lit de la jeune femme et réfléchit. Il se retrouve impuissant. Elle le rend impuissant. Soudain, le téléphone fixe sonne. Il sursaute puis se lance vers le combiné.

- *Kushti divvus*[26]?
- *Soy yo…*

---

[26] Allo ?

- Aishe ? *Duque estás* ?
- Mihai…
- *Dime. Kai shan*[27] ?
- Sur le bord d'une *drom*[28]… *Al este de Birmingham.*
- *No tienes nada más perfine* [29]*?*
- *Aulí*[30]. Attends…Bixhill Lane…*cerca de un pani*[31].
- Je regarde…*Mole*[32]. Dans *bin sig*[33] j'y suis.
- *Mole.*
- Tu y seras ?
- *No chano*[34]…

Mais quand il arrive au volant de sa Mercedes hors de prix, Aishe est là. Assise au bord de la route, les genoux repliés sous son menton, les chaussures boueuses, les cheveux emmêlés. Elle tremble. Des larmes muettes coulent le long de ses joues. Mihai ne l'a jamais vue dans cet état. Il ne sait pas comment réagir. Il s'avance lentement vers elle. Il ne faut pas qu'elle se braque. Il ne faut pas qu'elle s'enfuit. Puis soudain il s'arrête. À moins d'un mètre de la jeune femme, il y a quelque chose. Là. Derrière un arbre. Un pied, une jambe, un buste, un visage. Le corps d'un homme sans vie.

***

---

[27] Dis-moi. Où es-tu ?
[28] Route
[29] Tu n'as rien de plus précis ?
[30] Oui
[31] Près d'un lac
[32] Ok
[33] Vingt minutes
[34] Je ne sais pas

Je restai immobile pendant que Mihai chargeait le cadavre dans le coffre de sa berline. Je venais de tuer un homme et je ne me rendais pas vraiment compte de ce que cet acte impliquait. J'étais un assassin.

L'homme, d'une quarantaine d'années, m'avait prise en stop dans sa camionnette. Pourquoi fallait-il que je tombe toujours sur des pervers ? Il s'était garé au bord de la route et m'avait obligé à sortir de la voiture. Je m'étais défendue et il était tombé en arrière. Sa tête avait heurté une pierre et ses yeux n'avaient plus cligné. C'était fini pour lui. Je ne voulais pas le tuer, je voulais juste le repousser.

Une seule personne pouvait m'aider. Cacher le corps, la camionnette et oublier. Django m'aurait jugée. Jess aurait voulu appeler la police. Mais Mihai, lui, allait faire le sale boulot sans rien dire, sans me juger, sans appeler la police. Sauf qu'après ça, j'aurais une dette à vie envers lui.

Alors qu'il me faisait signe de monter sur le siège passager de la Mercedes, je sentis ma dernière bonne résolution vaciller. Je m'étais juré de le tuer. Sauf que depuis, j'avais appris qu'il n'était pas mon oncle, et il avait caché mon crime. Après avoir tué par accident, je sentais un grand abîme noir m'engloutir, alors je n'avais peut-être pas envie de savoir ce qui m'attendrait après un meurtre prémédité.

Nous roulions depuis une demi-heure environ quand Mihai s'arrêta au bord d'une rivière, plus éloignée encore de Birmingham. Il jeta le corps dans l'eau puis reprit la route comme si de rien n'était. Je tremblais encore, recroquevillée sur le siège en cuir noir, le regard vague qui ne voulait pas croiser le sien. Alors que je sentais mes dernières forces me quitter pour plonger dans un long sommeil agité, une main se saisit de la mienne et un pouce caressa ma paume en formant de lents cercles apaisants. Une caresse que j'avais depuis bien longtemps oubliée. Trop douce, trop intime, trop dangereuse.

***

Cette nuit-là, je rêvai du père. Grand, brun, les yeux bleu nuit. Il s'approchait de ma mère, l'attirait vers lui. Mais elle grimaçait et le repoussait toujours. Alors il venait vers moi, s'asseyait sur le canapé et me prenait sur ses genoux. Il me racontait qu'il avait vu des conseillers municipaux pour les nouveaux logements, ou qu'il avait réussi à vendre plusieurs bagnoles dans la même journée. Il était employé chez un concessionnaire automobile, et il touchait parfois de grosses primes. Mon père n'avait jamais été à l'école. Et pourtant il avait bien réussi. Il gagnait bien sa vie, savait lire et écrire, s'habillait comme un *gadgé* le jour, comme un *gypsy* la nuit.

Il rentrait souvent avec des cadeaux pour moi. Des robes de princesse, des bijoux qui brillaient, des jouets colorés. Ma mère s'énervait en disant que j'étais trop gâtée, que je ne chercherais jamais de mari si mon père me donnait déjà tout. Et alors mon père me souriait, loin d'être inquiet pour mon avenir. J'étais indépendante, il le voyait bien. Je jouais peu avec les cousins ou les autres enfants du quartier. J'allais à l'école qu'ils avaient construite pour nous. Les maîtresses pensaient faire une bonne action en enseignant chez nous.

Mais moi, j'aurais aimé voir des enfants *gadgés* à l'école, histoire de savoir ce qui se faisait de l'autre côté. J'aurais aimé avoir une maîtresse qui me voit comme une enfant normale, sans pitié dans ses yeux de femme de gauche engagée. J'aurais voulu qu'on me dise « c'est bien, tu iras loin », et non « c'est déjà bien, tu auras au moins appris ça ».

Mais mon rêve prenait fin et le visage du père s'effaçait peu à peu dans une brume opaque. Le quartier était silencieux. Les baraques vides. Et moi je me tenais seule, sur la colline qui dominait les maisons entassées et l'allée boueuse. Je me tenais là et j'avais du sang sur les mains.

***

Quand Aishe se réveille, elle s'affole. Elle n'est pas chez elle, mais dans une chambre lumineuse aux murs sans crasse ni moisissure. Le matelas est large et confortable, le mobilier moderne et froid. Elle se lève, constate qu'elle est toujours habillée, et file sous la douche sans se poser de questions. Elle se doute que Mihai l'a emmenée chez lui, sauf qu'elle ne connait pas son nouveau chez lui. Je me suis faite avoir, pense-t-elle, voilà que je dors et que je me lave dans sa villa maintenant.

Aishe se dépêche d'enfiler ses habits et de sortir de la pièce. Elle se sent propre et sale en même temps. Les taches de sang sont parties, sauf sur sa robe. Mais comme elle est rouge, personne ne le verra. Elle a tué un homme. Elle y pense sans y penser. Elle se revoit monter dans sa voiture, ensuite tout devient noir avant de se retrouver face à Mihai.

Elle ne veut pas le croiser alors elle marche à pas de loup jusqu'à l'immense escalier en colimaçon, descend, avant de se diriger vers la porte d'entrée.

- Bonjour madame.

Une dame d'une cinquantaine d'années vient de s'adresser à elle. Elle est plutôt jolie, les traits fins, marqués par l'âge et le travail difficile, la peau noire, les cheveux crépus relevés en chignon, et un tablier qui cache son ventre rebondi. Elle se tient dans une grande cuisine américaine et astique le plan de travail avec énergie.

- Je vous ai préparé des pancakes.

Les yeux de l'inconnue semblent l'implorer. Alors elle cède, pose sa veste sur le canapé blanc au centre du salon et s'assoit au bar de la cuisine.

- J'ai acheté quelques habits pour vous. Ils sont dans le dressing, à gauche de votre chambre.
- Des habits pour moi ?
- Et bien oui… nous ne savions pas quand vous alliez rentrer alors je les ai achetés d'avance. Monsieur Boswell m'a dit que vous deviez faire du 36.

Aishe manque de s'étrangler. Il a tout planifié et elle est tombée dans le piège. Je n'aurais jamais dû lui demander son aide, réfléchit-elle, maintenant je suis coincée.

- C'est aimable à vous mais je ne reste pas.
- 3Oh... je pensais que maintenant que votre mère était morte vous pouviez vivre avec votre mari. J'ai bien compris qu'elle était un obstacle.

Cette fois-ci Aishe s'étrangle bel à bien. Elle recule jusqu'au canapé, regarde la femme de ménage comme si elle venait de se transformer en licorne.

- Vous vous sentez bien ? Pardonnez-moi, je parle toujours trop...
- Comment vous appelez-vous ?
- Natou. Je ne me suis pas présentée, je suis désolée... je fais le ménage de votre mari tous les jours. Sauf le dimanche. Mais si vous souhaitez que je change mes horaires...
- Natou. Tout va bien. Je m'en vais maintenant, dit-elle en toussotant. Gardez vos horaires.

Aishe sort de la maison sans un regard pour la pauvre femme qui, les yeux écarquillés, se demande ce qu'elle a dit de mal. Mihai lui a raconté que sa femme et sa mère ne s'entendaient pas, et qu'elle avait dû partir en France. La voilà revenue, c'est une bénédiction pour monsieur Boswell, pense Natou, enfin... j'espère qu'elle n'a pas la folie des Boswell, parce que les autres ici.... nous verrons bien, nous verrons bien. Puis elle retourne à la cuisine et débarrasse l'assiette de pancakes.

Une bourrasque soulève le bas de la robe rouge d'Aishe. Elle est en bas des escaliers qui mènent à la villa de Mihai. Elle n'en revient pas. Il l'a construite sur la colline qui domine le quartier des *gypsies*. C'est une maison neuve, blanche, immense, grandiloquente. Avec un jardin bien entretenu, un portail électrique, une caméra de vidéosurveillance, de larges baies vitrées anti-effractions, deux cheminées et trois voitures garées dans l'allée pavée. Elle surplombe les petites maisons grises, les pneus qui brûlent, les tas de ferraille, le linge qui sèche dans l'humidité ambiante. Il l'est devenu finalement. Il est devenu le king, celui qui observe de haut, qui protège, qui dirige. Il n'y a personne au-dessus de cette maison de magazine. Il n'y a que le ciel. Un ciel immense et gris. Un ciel qui annonce l'averse à venir sur les petites piaules de la masse *gypsy*.

***

Je devais voir Roma. Elle devait me dire ce qui n'allait pas chez moi. La plus jeune des Calard avait toujours été la sage. Celle qui sait. Celle qui voit. Celle qui tire les cartes et lit dans les lignes.

Quand j'arrivai devant sa maison aux parpaings apparents, la porte d'entrée était grande ouverte. Des cris provenaient de l'intérieur et s'évanouissaient dans la brume ambiante. Je frappai puis entrai dans le salon. Roma sourit puis se leva pour venir à ma rencontre.

- Aishe, Aishe… Voici trois de mes fils. Je ne sais pas si tu te souviens d'eux.
- Je crois que si.

- Eddy, Manuel et Rick.

Trois hommes d'une vingtaine d'années me faisaient face. Le crâne rasé, les bras épais, les mains dans les poches de leur jean.

- Partez les garçons ! Du vent ! Allez ! *Jaw* !

Ils partirent, toujours les mains dans les poches. Le plus âgé me fit un signe de tête et les autres gardèrent leur regard fixé au sol. Nous nous assîmes l'une en face de l'autre, sur la table ronde en plastique blanc qui occupait une grande partie du salon.

- J'ai toujours cru que tu te marierais à mon aîné. Enfin, jusqu'à ce que tu partes.
- Pourquoi lui *bibbi*[35] ?
- Les autres sont plus jeunes que toi.
- Et ?
- Et le mari est toujours plus vieux, c'est comme ça.
- Je vois…
- Que fais-tu là Aishe ?
- Je passais par là.
- Je t'ai vu sortir de la maison de Mihai.
- Il m'a dépannée.
- Fais attention à toi.
- J'essaie.
- Tire les cartes, *chava*.
- J'y crois pas.
- Si t'y crois. Fais pas la con Aishe. Je sais pas qui t'es. Personne sait qui t'es. Mais le problème, c'est que je crois que toi non plus tu sais pas.

---

[35] Tante (romani).

- Bien, tire-moi les cartes.

Elle disposa les cartes de tarot devant moi, étalées sur tout le diamètre de la table. J'en choisis quatre, elle les plaça en face d'elle puis les retourna une à une. Dehors, une pluie torrentielle venait d'éclater. Les lumières de la pièce vacillaient. Les volets claquaient. Je me sentais prise au piège dans le quartier que j'avais fui en vain pendant sept ans.

- La papesse.
- Qui signifie... ?
- Que tu exerces un métier ou tu étudies, tu te formes.
- À la danse, oui.
- Mais ce n'est pas simplement physique, c'est un effort intellectuel que tu fais.
- Exact.
- Le pendu.
- C'est la mort ?
- Non. Non…c'est un changement de situation, quelque chose de récent ou de présent en ce moment même. Tout est inversé. Tu risques de te perdre à ton propre jeu Aishe.
- Qu'est-ce que ça signifie ?
- Je sais pas. Je te dis simplement c'que je vois.
- J'en tire une autre ?
- Oui, *penneski*[36].

La tante se leva, prit deux verres qui traînaient sur un buffet, les remplit de café et s'assit à nouveau. Elle était tendue, bien plus que moi. Elle y croyait vraiment et elle avait peur pour mon avenir. Roma n'avait jamais eu confiance en

---

[36] Nièce (romani).

Mihai. Et elle n'était pas stupide, elle savait bien que ces changements avaient un lien avec lui.

- Le diable. Mon pauvre enfant...
- Quoi ?
- T' as de l'ambition, tu veux devenir mieux que nous.
- Je ne me crois pas mieux que vous. Mais je veux vivre autrement...
- Tu es une femme passionnée qui cache ses passions. Or, les passions conduisent en Enfer, Aishe.
- Quelles passions ?
- Tu es instinctive. Tu ne vis que par instinct.
- Comme nous tous.
- Notre peuple était passionné. Oui. Mais depuis longtemps maintenant il ne l'est plus. Nous sommes résignés. Résignés à vivre enfermés. Résignés à suivre les lois, à obéir à la norme. Nous ne sommes que l'ombre de nos ancêtres. Alors que toi, toi tu as encore des rêves... c'est incroyable... mais ça conduira à ta perte.
- Que dois-je faire ?
- Tu penses avoir le contrôle en refoulant tes sentiments, mais en réalité tu n'es qu'une esclave, ma nièce, une esclave de ce qui bout en toi depuis des années et qui menace d'exploser.
- Tu exagères.
- Non. Non... Tire la dernière.
- Voilà.
- La lune. Je m'en doutais.
- Pourquoi ?
- Elle te représente bien, je crois. Il y a un secret que tu caches, un mystère en toi. Ensuite, tu exerces une attraction sur les hommes. T'es belle mais il y a quelque chose, quelque

chose qui n'est pas palpable et qui est en toi. Et puis, t'es remplie d'incertitudes, t'as un but, mais beaucoup d'obstacles se dressent. Tu fais des cauchemars ?
- Oui.
- Souvent ?
- Toutes les nuits. Je ne me suis jamais souvenue au petit matin d'un rêve, ce sont toujours des cauchemars.
- Oui, il y a une terreur nocturne chez toi. Tu n'es pas apaisée dans ton sommeil.
- Tu es douée Roma. Tu vois tout.
- Attends… tu as toujours manqué d'amour maternel, c'est la dernière chose que m'apprend la lune sur toi. Ma sœur ne t'a jamais aimée comme elle aurait dû, et j'en suis désolée.
- Ce n'est pas ta faute. Et puis, il ne faut pas parler des morts.
- T'as raison, *tikna*[37]. C'est du passé. Elle n'est plus là, n'y pensons plus.
- Refais-moi du café, ma tante.
- Je t'en refais, Aishe.

***

La brume se fait de plus en plus opaque sur le quartier. La nuit tombe rapidement, et bientôt quelques lumières s'allument dans les recoins sombres des baraquements. Aishe appelle Jess pour lui dire qu'elle travaillera seule pendant quelques jours. Elle ne veut pas lui dire qu'elle est prisonnière

---

[37] Petite fille, enfant (romani).

sans l'être. Jesse viendrait la chercher. Alors qu'Aishe tente de la maintenir le plus loin possible de l'univers dans lequel elle a grandi. Jusque-là elle ne savait rien, que cela reste ainsi.

Pas de nouvelles de Django. Tant mieux. Elle ne saurait pas quoi lui dire pour le moment. Elle l'aime bien. D'une certaine manière, elle tient à lui. Ils ont joué ensemble. Ils ont chanté ensemble. Ils ont fait la fête ensemble. Mais il n'est pas pour elle. Et elle n'est pas pour lui.

Alors la jeune femme aux yeux bleu nuit s'avance lentement vers la maison de Mihai. La femme de ménage n'est plus là. L'endroit est propre, désinfecté de toute cette crasse ambiante. Rien ne dépasse. Rien ne traine. Une légère odeur de produit ménager imprègne l'air du salon. Elle trouve un ordinateur dernier cri, met de la musique, pousse les meubles lustrés et se met à danser. Quitte à passer le temps, autant répéter sa chorégraphie.

Il sera toujours temps de penser ensuite. L'heure est à l'oubli.

***

Elle le sent. Il est là. Tapis dans l'ombre. Il la regarde danser. Sans bouger. Sans parler. Sans respirer. Il est happé par elle. Comme le soir où il l'a vue chanter dans le bar de Birmingham. Comme le soir où ils ont fêté la fin du deuil de la mort de son frère. Comme le soir où elle s'est offerte à lui pour la première fois. Comme le soir où elle est partie sans jamais se retourner.

    Et alors elle danse. Et alors il pense.

From nowhere, through a caravan around the campfire light
A lovely woman in motion with hair as dark as night
Her eyes were like those of a cat in the dark
That hypnotized me with love

    Il voudrait s'approcher. Mais il reste éloigné. Comme un chat apeuré par le roi des animaux.

She was a gypsy woman
She was a gypsy woman

She danced 'round and 'round to a guitar melody
From the fire her face was all aglow
Oh Lord, how she enchanted me, oh, how I'd like to hold her near
And kiss and forever whisper in her ear

    Il voudrait sentir son souffle contre son oreille. Sa main contre sa poitrine. Ses cheveux contre son cou.

I love you gypsy woman
I love you gypsy woman

All through the caravan, she was dancing with all the men
Waiting for the rising sun, everyone was having fun
I hate to see the lady go, knowing she'll never know
That I loved her, let me tell you

Il voudrait que tous sachent. Et que personne ne juge. Il voudrait la montrer comme un trophée. Mais pour cela il faudrait dire qu'elle n'est pas une Boswell. Qu'elle n'est rien, et ne peut prétendre à rien qui vienne de son frère.

I love her, the gypsy woman
She was a gypsy woman
She was a gypsy woman
She was a gypsy woman
A gypsy woman

Before I knew the night was through and I was alone
The charms of the gypsy woman and her caravan was gone
Of a love that made me, my heart surrender to a gypsy woman

Il s'est perdu en elle. Jamais plus il ne retrouvera son chemin. Condamné il est. À errer sans l'attention d'une femme qu'il aime mais qui le hait.

She was a gypsy woman
She was a gypsy woman
She was a gypsy woman

Il est sûr de ce qu'il fait avec elle. Et pourtant, là, chez lui, au milieu de son empire, il a peur. Peur qu'elle parte encore. Et peur de sa propre réaction si elle partait encore. Il le sait. Cette fois-ci, il ne se contenterait pas d'attendre que des rumeurs circulent sur une jeune *gypsy*, aux yeux bleu nuit et aux cheveux noirs qui serpentent dans le vent, qui joue de la dombra. Cette fois-ci, le temps s'arrêterait pour lui permettre de faire le tour de la terre pour la retrouver. Cette fois-ci, il la retrouverait et l'enfermerait, pour toujours, au sommet d'un donjon en pierre qu'il ferait expressément construire au milieu du camp.

Mais il y croit. Il croit qu'elle restera. Qu'elle voudra de lui. Et que tout redeviendra comme avant. Avant le délire des hommes. Avant les pleurs des femmes. Avant l'abandon de Moïse. Avant le déluge. Avant le début de la fin des temps.

Gav agal[38].

***

J'essayai de le repousser. J'essayai mais rien n'y faisait. Il était plus grand, plus fort que moi. Alors je n'ai pas pu l'empêcher. Pourtant, j'aurais voulu. Mais je n'ai pas pu. Ses lèvres ont touché les miennes. Brutalement. Puis ses gestes se sont adoucis. Il a pris ma tête entre ses mains et a pressé son corps contre le mien.

Un baiser. Un seul et tout bascule. À ce moment précis, plus rien n'avait d'importance. Mon corps se figea. J'étais happée par une force extérieure que je ne pouvais contrôler.

---

[38] Comme avant (romani).

Pobre de mi. Chor. Là était ce que j'avais toujours cherché. La paix.

Mes bras s'enroulèrent autour de son torse nu. Mes mains devinrent moites, mes jambes flageolantes. Mon corps n'opposait plus aucune résistance. Je revivais ce qui s'était passé plus d'une fois sept ans plus tôt. Mais mes pensées étaient différentes. J'étais une enfant, heureuse, insouciante, qui se croyait amoureuse. À ce moment-là, j'étais une femme, malheureuse, désabusée. Quant à l'amour, je n'aurais su dire ce que c'était que ce concept-là dont tout le monde parlait. Je ne me faisais pas de soucis pour Mihai. Je n'étais pas jalouse de savoir qu'il avait sans doute été avec d'autres femmes. Je ne cherchais pas à le protéger de la police ni à le discriminer. Je ne lui faisais pas confiance. Et je lui trouvais bien des défauts. Mais quand nos lèvres se cherchèrent. Alors je sus une chose. Il était un besoin primaire dont je ne pouvais me défaire, comme boire, manger ou dormir. Pendant sept ans j'avais vécu dans l'ombre de moi-même et ses lèvres me ramenaient à la vie. Une vie sans rêve qui me condamnait. Mais une vie tout de même. *Komawva. Kom. Romani chai. Chor romani chai.*

Que Sainte Marie de la Mer me vienne en aide si j'en venais à me perdre moi aussi.

***

Cette nuit-là, je fis un rêve étrange. Je sortais de la maison de Mihai. Il faisait jour mais le soleil ne se pointait pas. Le ciel était bas et gris. Le vent froid encerclait la colline. Le quartier était vide, les maisons désertes, les jardins débarrassés du linge et des ordures.

Je me sentais seule. Comme si j'avais été la seule survivante de la fin du monde. Ou plutôt de la fin de notre monde. Au loin, je pouvais entendre le murmure de l'autoroute, de l'autre côté du haut mur de parpaings. Les autres étaient toujours là, c'est nous qui n'étions plus là.

Je marchais sans but dans les allées boueuses du quartier quand j'entendis un groupe d'Anglais parler haut, à quelques dizaines de mètres de moi.

- Alors c'est ici ?
- Oui. Tout est d'origine.
- Combien de temps ont-ils vécu là ?
- Pendant plus de cinquante ans, *Miss*.
- Nous aurons de l'espace pour construire les résidences. C'est parfait.
- À moins que le maire ne veuille en faire un site touristique.
- Ça ? Un site touristique ?
- Eh bien, comme ça a été le dernier camp de gitans du pays...

Je me réveillai en sueur, les cheveux collés à mes tempes, les yeux bouffis. Je venais de rêver que notre peuple avait disparu. Un peuple qui n'était d'ailleurs peut-être pas réellement le mien. Je me levai brusquement, soulagée de me voir encore habillée, et seule dans le lit où j'avais déjà dormi la veille. Mihai. Mihai. Je ne me souvenais plus très bien de ce qui s'était passé avec Mihai. Un frisson après l'autre. Je devais d'abord obtenir des réponses à mes questions. Et le seul à savoir d'où je venais, c'était lui.

Quand je descendis au séjour, il faisait du café. Le torse nu. Les cheveux en bataille. Le sourire aux lèvres. Je pouvais craindre le pire.

- J'ai des questions à te poser.
- Si tu veux savoir ce qu'on a fait la nuit dernière...
- Je m'en fiche. Enfin, non. Mais on verra ça plus tard.

Il posa son mug sur le bar et se roula une cigarette.

- Je t'écoute, Aishe.
- Qui je suis ?
- Une très belle femme.
- Sois sérieux... Qui sont mes vrais parents ?
- Mmm... Je ne connais pas leur nom. Tout ce que je sais c'est que t'es une *rom*.
- Une *rom* ? Ça veut à la fois tout et rien dire... Ils étaient Anglais ?
- Non, non. Impossible.
- Comment ça ?
- Ton père t'a trouvée en Allemagne. Ta mère était une sinté. Enfin, une sinté avec une dombra, ce qui n'est pas courant.
- Pourquoi a-t-il fait ça ?
- Parce qu'il y a vécu pendant plus d'un an. Et c'est après qu'il s'est marié avec Liberty, à son retour.
- Donc c'est lui qui m'a adoptée, ce n'est pas elle... J'ai une carte d'identité anglaise, comment a-t-il fait ?

- Il t'a déclarée à la mairie quand il est revenu. Il a fait croire que tu venais de naître. Tu penses, ils n'allaient pas venir ici pour vérifier.
- Donc je ne suis pas née le 9 janvier 1988…
- Non. On ne sait pas quand tu es née, mais tu avais plus d'un an quand tu es arrivée. J'étais gamin mais je m'en souviens.
- Ce n'est pas vrai…
- Enfin, dis-toi que tu as eu de la chance. Il a été un père super pour toi.
- Oui, je sais… Mais pourquoi ma mère m'a-t-elle laissée ?
- Elle était prise dans un trafic de bébés. D'après ton père, l'endroit était insalubre, c'était une sorte de hangar et des femmes étaient entassées là avec des dizaines de bébés que la mafia voulait revendre.
- Donc il m'a achetée ?
- Je pense que oui. C'est grâce à tes yeux bleus. Tu as les yeux des Boswell, Aishe. Tu lui as plu tout de suite.
- Et mon père ?
- Je n'en sais rien.
- Merci Mihai.

Je pris le mug de café et me dirigeai vers la terrasse. Avant de sortir de la pièce, je me retournai vers lui et plantai mon regard dans le sien.

- Ma mère avait les yeux bleus ?
- Oui. Ton père m'avait dit qu'elle était étrange.
- C'est-à-dire ?

- Folle. Voilà, elle était folle. Ses yeux la rendaient encore plus folle.
- Tu crois que je suis folle aussi ?
- Sans nul doute, *pirrini*[39].

Sur ce, je lui tournai le dos et m'installai sur le transat de la terrasse pour fumer. Mihai avait le don de me perdre toujours plus.

***

Allongée sur la chaise longue, les pieds nus cinglés par le vent glacé, la tasse remplie de café fumant dans une main, une cigarette dans l'autre, Aishe ne veut penser à rien. Qu'importe qui étaient ses véritables parents. Pour elle, il n'y en a eu qu'un, Garridan Boswell.

Mihai s'installe à son tour à ses côtés. Il serre les dents et pose sa main sur sa hanche. Aishe l'observe. Il a mal. Et elle préfère ne pas savoir pourquoi.

- J'ai des choses à régler sur Londres et je reviens.
- Bien. J'y vais moi aussi.
- Hors de question. Tu restes là.
- Tu ne peux pas diriger ma vie. Je rentre chez moi, c'est tout.
- Chez toi c'est ici.

---

[39] Ma chérie

- Non. Il y a des gens qui comptent sur moi à Birmingham.
- C'est trop risqué. Tu as buté un mec je te signale...
- Les flics sont déjà sur mon dos, je ne les crains pas.
- Comment ça ? De quoi tu parles ?
- J'ai été suspectée dans le meurtre d'une amie à moi... d'ailleurs l'ADN du meurtrier ressemble au mien.
- Bordel Aishe ! Mais c'est quoi cette histoire ?
- Je n'aurais pas dû t'en parler, laisse tomber.

Mihai se lève brutalement, crisse des dents et attrape Aishe par le col de sa robe.

- Dis-moi tout.
- Lâche-moi.
- *Joder* ! *Rokker* !⁴⁰
- Tu n'as aucun droit sur moi. Laisse-moi partir.
- C'est là que tu te trompes, Aishe.

Elle le repousse, déchire un pan de sa robe rouge au passage et renverse son café. Tout le voisinage doit l'entendre, mais c'est le cadet de ses soucis.

- Tu te souviens de nos lois ?
- Pourquoi parles-tu de ça maintenant ?
- Parce que selon nos lois, tu es ma femme.
- Arrête de te foutre de moi ! Je pars.
- C'était moi le premier.

Leurs yeux bleus lancent des éclairs. Ils se répondent en dansant dans le brouillard ambiant. La tension est palpable. Les braises se ravivent. Les souvenirs chantent devant la

---

⁴⁰ Merde ! Parle !

jeune femme. Elle serre les poings et fronce les sourcils. Elle hurle à présent. Alors que lui reste calme, nonchalamment adossé à la porte-fenêtre de la terrasse.

- Et alors ?
- Et alors, c'est comme ça, tu es ma femme.
- On n'est pas marié.
- La loi anglaise, on s'en fiche. Aujourd'hui, on passe par la mairie, mais ce n'est pas ça qui compte.

Elle le fuit, entre dans la maison et récupère sa veste et ses chaussures. Elle ressort en claquant la porte. Je n'aurais jamais dû l'appeler, je n'avais qu'à me débrouiller seule pour cacher le corps, se dit Aishe. Quand je suis avec lui, j'oublie tout, et c'est trop dangereux. J'oublie qui il est et ce qu'il est capable de me faire subir.

- Tu ne pourras jamais te marier à quelqu'un d'autre, tu le sais ?
- Tu sais quoi Mihai ? J'en ai rien à foutre. Me marier, pas me marier. Avoir des gosses, ne pas en avoir. Je veux réussir mes études et fuir cet endroit maudit. Tu comprends ça ?
- Essaie. Vas-y, essaie. Tu reviendras toujours vers moi.
- *Devvel* !
- Aishe... *Me man...*
- *Na.* Adieu Mihai.

Elle part en courant vers la maison de sa tante. Elle lui donnera bien vingt livres pour prendre un train. En échange, si elle veut, elle épousera son fils. Elle s'en fiche. Après tout, dans ce monde, le corps d'une femme ne vaut guère plus de vingt livres.

Elle doit rejoindre Birmingham, répéter avec Jess, jouer une dernière fois avec le groupe, essayer de ne pas recroiser Django, oublier Mihai et réussir le concours d'entrée à la *London Contemporary Dance School* qui aura lieu dans moins d'un mois. Le programme est chargé, pense-t-elle, mais j'y arriverai.

***

- Aishe, il faut que je te voie.
- C'est une mauvaise idée.
- Une dernière fois. Au pub du canal.
- D'accord.
- À 22 heures.
- Oui, d'accord.

Le bar grouille déjà de monde. Il y a des jeunes et des vieux, des grands et des petits, des beaux et des laids. Un échantillon de la masse humaine s'est réfugié dans ce pub ce vendredi soir.

Quand Aishe arrive, vêtue de son éternel jean noir, Django est déjà là. Il l'attend, assis sur un tabouret du bar. Elle lui sourit, en se demandant bêtement ce qu'elle fait là, et s'assoit à son tour. Il a l'air triste, des poches violettes sous les yeux, le teint blanc, la larme au coin de l'œil.

- Merci d'être venue.

Elle ne répond rien, se commande une vodka orange et se tourne vers Django. Il se dit qu'elle a les plus beaux yeux du monde. Qu'il va lui être difficile de se séparer des plus beaux yeux du monde.

- Je pars demain.
- Où ?
- Je rentre en Roumanie… avec ma femme.
- Ah.

Elle attrape le verre que lui tend le barman et le serre entre ses mains. Elle n'a jamais été douée pour les au-revoir.

- J'espère que tu seras heureux.
- J'aurais aimé l'être avec toi, mais ce n'est pas possible… tu m'auras fui jusqu'au bout. Et je ne veux plus me battre.
- Je ne mérite pas qu'on se batte pour moi, Django.
- Et puis… je pense qu'il y a quelqu'un d'autre dans ta vie.
- Pourquoi dis-tu ça ?
- Parce que sinon rien ne te retenait d'être avec moi.
- Peut-être ta femme…
- Non. Tu sais bien que ce n'était pas un réel problème pour toi. Il y a quelqu'un. Il y a toujours eu quelqu'un.

La vodka coule le long de sa gorge. La sensation est agréable. Elle sourit, plus légère, et plante ses yeux dans ceux de Django.

- Ne la fais pas attendre. Pars.

- Adieu, Aishe.
- Adieu.

Il s'approche doucement de la jeune femme, l'embrasse sur la joue une demi-seconde puis s'en va, sa veste sur l'épaule, la démarche assurée. Elle a eu la sensation qu'une plume l'avait frôlée puis s'était volatilisée. En réalité, c'est peut-être un amour qui l'a frôlée puis qui s'est volatilisé.

Je ne ressentis aucun regret. Je n'avais rien vécu avec Django, et rien n'aurait pu se vivre avec Django. Seule, je me sentais mieux. Même si une petite voix me disait que je ne pourrais jamais être seule. J'enchaînai plusieurs verres et restai au bar du pub jusqu'à une heure de matin. Vint le moment où je ne savais ni où j'étais, ni comment rentrer chez moi. J'errai dans les rues jusqu'à atteindre, enfin, mon quartier, alors que le soleil commençait sa lente montée vers le ciel.

Mon matelas miteux fut une bénédiction. Je m'endormis encore habillée et chaussée. Ce n'est que vers dix heures du matin, alors que la lumière qui filtrait à travers les barreaux de mon unique fenêtre devenait trop forte pour mes paupières endormies, que je me décidai à me lever pour prendre une aspirine. Alors que mon corps s'extrayait péniblement du matelas, mon cœur manqua un battement. De l'eau coulait. De l'eau coulait dans ma salle de bain. Là, à côté, se trouvait quelqu'un. Et quelqu'un que je devais connaître très bien.

***

Il sort de la minuscule salle d'eau aux murs décrépis et moisis avec pour seul vêtement une serviette enroulée autour de ses hanches. Il regarde Aishe, face à lui, les yeux écarquillés, la bouche entre-ouverte. Elle porte les vêtements de la veille et il n'a pas osé la déshabiller pour la mettre au lit. Il était déjà là quand elle est entrée, aux aurores, mais elle avait trop bu pour se rendre compte de sa présence. Alors, il s'est couché à côté d'elle, veillant à ne pas la réveiller, les bras croisés derrière la tête et le regard tourné vers le faux-plafond qui tombe en miettes.

- J'ai acheté des viennoiseries.
- Tu as quoi ?
- Viens t'asseoir, dit-il en lui indiquant l'unique table et l'unique chaise, coincées entre le lit et la kitchenette.
- Tu n'as pas à entrer comme ça chez moi, c'est du harcèlement Mihai !
- Je voulais savoir si tu allais bien. On m'a dit que tu étais sortie et que…
- On t'a dit ? Et alors ? Je fais ce que je veux. Et ce que je veux, c'est que tu partes.
- J'aimerais t'emmener quelque part ce soir.
- Non.
- Je veux t'emmener quelque part ce soir.
- Non, je suis occupée, je dois répéter.
- Je t'emmène quelque part ce soir.

Il jette sa serviette sur le lit, la fureur dans le regard, les poings fermés. Elle est petite et frêle face à lui, il pourrait la blesser, lui faire peur, l'obliger. Mais Mihai ne le fera jamais. Elle est la seule personne pour qui jamais signifie jamais. Il s'approche lentement d'elle, nu, mais sans ressentir une quelconque gêne. Elle le détaille du regard de haut en bas mais ne cède pas à la tentation. Elle ne lui montrera pas l'effet qu'il lui fait, et qu'aucun homme ne lui a jamais fait, même Django, même les autres. Non, jamais elle ne rougira face à son corps et à son visage taillé dans le plus beau des marbres. Non. Il est la seule personne pour qui jamais signifie jamais.

Il prend son visage entre ses grandes mains, s'approche jusqu'à ce que ses lèvres frôlent les siennes.

- Prends une douche et un petit-dej', repose-toi, ou va danser si tu veux… mais je passe te chercher à huit heures. Si tu n'es pas là, je suis prêt à retourner tous les foutus bars de Birmingham.

Leurs yeux bleus se rencontrent et la jeune femme comprend qu'il est sérieux. Qu'il pourrait bien ratisser toute la ville avec ses sbires pour la retrouver.

- Je serai là.

C'est à son tour à lui d'être déstabilisé maintenant, il n'aurait jamais pensé qu'elle puisse céder si facilement. Il y a des choses qu'ils ne se sont jamais dites, des choses qui n'ont pas besoin d'être dites, et d'autres qu'il veut lui dire. Ce soir. Sur son terrain de jeu à lui. Il est temps qu'elle entre dans son monde.

Mihai s'habille rapidement et s'en va, non sans lui avoir adressé un sourire et un regard étranges. Le sourire en coin et le regard de glace d'un homme qui la désire mais ne fera rien avant qu'elle ne lui dise. Lui dise qu'elle aussi, qu'elle veut, qu'elle est là, qu'elle sera toujours là, qu'elle a besoin de lui, de son corps, de sa protection, de son amour, qu'elle vivra avec lui, qu'elle lui fera plein d'enfants aux cheveux noirs et aux yeux bleu-nuit. Alors il attend. Pas comme un être romantique qui espère la femme de ses rêves. Il l'attend comme un guerrier qui espère que la victoire est proche, dans les bras d'une femme bien réelle.

Quand il partit, je compris quelque chose. Si je l'aimais, alors j'avais une étrange façon de l'aimer. Il me manqua, tout en sachant que je le reverrais le soir même. Et ce manque me procura une sensation de satisfaction intense. Plus le désir s'éloignait, plus je le convoitais. Et quand il s'approchait à nouveau, la sueur de la passion coulait le long de ma nuque, mais le désir se fanait, irrémédiablement, pour laisser place à un envoûtement presque mystique. En sa présence, je perdais toute volonté, tout discernement. Et j'étais encore trop endormie pour réagir comme je l'avais fait chez lui, quelques jours plus tôt.

***

Jess m'observait étrangement, dos à l'immense miroir, une main sur les hanches, l'autre sous le menton. J'étais essoufflée et affamée après avoir répété la chorégraphie finale pendant plus de deux heures.

- J'aime.
- Ah oui ?
- Oui. C'est fort, clair, précis.

Je traversai la salle et la rejoignis en traînant des pieds. Et alors je vis, de plus près, de fines larmes couler le long de ses joues roses.

- Tu pleures ?
- Non.
- Mais si tu pleures.

Je la pris dans mes bras, m'étonnant moi-même de ce geste intime. Elle se frotta les yeux, devenus rouges, puis me sourit. Elle avait l'air d'une mère fière de sa fille. C'est à ce moment-là que je pensai que j'aurais aimé être sa fille. La mienne n'aurait jamais versé une seule larme pour moi.

- Tu es prête Aishe. Tu es prête.

Nous restâmes pendant un temps infini dans la salle, assises sur le parquet, dos au miroir, les genoux rabattus sur notre poitrine. Nous avions besoin d'être seules, toutes les deux, sans rien se dire. Nous nous disions un au-revoir qui n'en était pas réellement un. Je la reverrais, oui, parfois. Mais je serais sur Londres, et elle resterait à Birmingham. Elle ne me donnerait plus de cours de danse, plus de conseils, plus d'anecdotes. Elle serait une amie avec qui je boirais un café deux ou trois fois par an. Mais la passion pour la danse serait là, toujours, pour nous relier l'une à l'autre. Elle était la personne avec qui je pouvais partager mes désirs de liberté. La femme de ma vie, voilà ce qu'elle était.

Quand elle partit, plusieurs heures plus tard, et que le jour laissait inlassablement sa place à la nuit, je restai seule dans la salle, toujours assise sur le parquet, dos à l'immense glace. J'avais peur, depuis quelques jours, de me regarder dans un miroir. Je savais que je laissais peu à peu place à Mihai, à nouveau, et j'avais peur que cela ne changeât mon reflet dans la glace. Les allées et venues des aiguilles de l'horloge rompaient le silence et me poussaient à mettre en ordre mes idées. Je pensais que c'était les hiérarchies qui créaient l'ordre. Du moins important au plus important. Ou du plus important au moins important. La danse, Mihai, le groupe, ma communauté. Le groupe, ma communauté, la danse, Mihai. Mihai, la danse, ma communauté, le groupe. Ma communauté, le groupe, Mihai, la danse. Le tic-tac de l'horloge et le regard de Mihai qui me chatouillait le ventre. La danse, les chatouilles, le groupe, ma communauté, l'horloge.

***

Il est bientôt vingt heures. La brume épaisse qui s'étend dans tout le quartier sud de Birmingham sonne le glas. Aishe porte une robe qui lui arrive au-dessus du genou, noire, au col ouvert sur les épaules, qu'elle a achetée en revenant du studio, l'étiquette encore accrochée dans le dos pour pouvoir la rendre le lendemain et se la faire rembourser. Elle a enfilé ses bottines à talons aiguilles et se regarde maintenant dans le miroir. Il faudrait qu'elle se maquille un peu plus, juste un peu pour ne pas paraître trop vulgaire. Elle ne sait pas ce que Mihai attend d'elle, puisqu'elle ne sait pas où il l'emmène.

Elle attrape une bière dans le réfrigérateur, s'assoit sur le bord de son lit et commence à la boire lentement. Elle ne veut pas être trop sobre, pour ne pas se poser trop de questions. Elle l'attend en tremblant. N'y tenant plus, elle s'active et allume la vieille télévision. Et alors, ce qu'elle entend et voit à ce moment-là, lui fait perdre l'équilibre et tomber à genou, la bière renversée sur le carrelage du sol.

- Un corps a été retrouvé ce matin, dans la banlieue de Birmingham. Une autopsie est en cours mais les enquêteurs penchent déjà pour la piste criminelle, puisqu'il portait une marque de coup au niveau du crâne et que sa famille ne croit pas à la thèse du suicide. Sur place, nous retrouvons Suzanne Smith qui a rencontré ses voisins, choqués par la nouvelle.
- Nous ne comprenons pas, c'était un homme tellement gentil…
- Ses enfants sont à l'école avec ma fille, ils sont effondrés.
- C'est un monstre qui lui a fait ça, moi j' vous l' dit !
- Le brave monsieur, il travaillait à l'usine de pots de confitures, à la sortie de la ville, c'est atroce ce qui s'est passé…
- Un suicide ? Non ! Impossible ! J' l'ai vu il y a cinq jours, au barbecue qu' j'avais organisé chez moi. Tout allait bien pour lui. Non, j'y crois pas !

Les grands yeux bleu nuit regardent dans le vide. Ils sont comme déconnectés du reste du monde. Quand elle entend deux coups fermes frappés à la porte, elle ne réagit pas tout de suite. Mihai frappe encore deux coups, puis se décide à ouvrir la porte de son propre chef. Il s'avance vers Aishe, inquiet. Les images du corps repêché tournent en boucle. L'atmosphère est lourde. Aucun des deux ne sait quoi dire. Ce n'est qu'au bout de plusieurs minutes que Mihai éteint la télévision, s'assoit à côté d'Aishe et la prend dans ses bras.

- Tu n'as pas à t'en faire. Ils ne pourront jamais nous soupçonner.
- Tu es sûr ?
- *Auli[41]*.

La réponse a fusé, sans appel. Mihai a raison, il a toujours raison, pense la jeune femme avec résignation.

- Viens, on y va.
- *Kaï*[42] ?
- Là où je travaille quand je suis à Birmingham.
- Pourquoi m'emmener là-bas ?
- Je ne veux pas avoir de secret pour toi. Et tu ne sais rien de ce que je fais pour gagner ma vie. Il y a sept ans, tu étais trop jeune pour que je te montre. *Akonnaw*[43], c'est différent.

Je n'avais pas spécialement envie de voir où et comment bossait Mihai. Je me doutais que ses activités n'avaient rien de légal et je ne voulais surtout pas m'attirer plus d'ennuis en

---

[41] Oui.
[42] Où?
[43] Maintenant

ce moment. Une petite voix au fond de moi me criait qu'il fallait que je me réveille, qu'il m'avait retourné le cerveau en l'espace de quelques jours. C'était vrai. Parfois je voulais m'éloigner de lui, parfois je le laissais m'emmener où bon lui semblait. Mais ce soir-là, c'était différent. Je m'étais faite belle pour lui. Sept ans que ce n'était pas arrivé. Je voulais qu'il ait envie de moi, pensant que son désir pourrait provoquer le mien en retour. Mais en le voyant là, à mes côtés, le visage froid mais soucieux, les cheveux noirs qui lui tombaient sur le front, les épaules larges engoncées dans une veste hors de prix, les mains sur mes genoux, je souris bêtement en me rendant compte que je n'avais pas besoin de le savoir attiré par moi pour l'être, moi aussi. C'était comme ça. Depuis toujours c'était comme ça. Un lien qui se tendait et se détendait au cours des années, mais un lien toujours solide, présent, acharné à nous unir.

***

Sur le trajet en voiture jusqu'au lieu de "travail" de Mihai, les images de l'homme que j'avais tué tournaient en boucle dans ma tête. Je ne suis pas la coupable. Je ne suis pas la coupable. Non, je suis innocente. Je n'y étais pas. Ce n'était pas moi. Je suis innocente…

La main de Mihai, plaquée fermement sur mes reins, me ramena à la réalité lorsque l'on sortit de voiture. Nous étions sur un parking bondé. Des gens affluaient vers une impasse sur la gauche, sombre et étroite. Nous étions en plein quartier sud de Birmingham, là où se vendait le plus de drogue et se commettaient le plus de crimes. Charmant endroit pour passer son samedi soir...

- *Awonkai*[44] !

Mihai, à quelques mètres devant moi, me faisait signe de le suivre vers un petit immeuble en briques qui tombait en décrépitude. Je m'étais attardée sur le parking, hésitante pour emprunter la sinistre ruelle, préférant les espaces éclairés par les réverbères. J'avais confiance en Mihai, le problème n'était pas là. J'avais peur du noir total depuis la fameuse nuit où je m'étais retrouvée dans une position délicate, avec un parfait inconnu, au bord d'une route non éclairée, et après avoir bu plus que de raison. Je sortis un paquet de cigarettes de la poche de mon manteau et m'en allumai une. Mihai s'approcha de moi, tendu, une ligne verticale qui lui barrait le front :

- Tu fiches quoi là Aishe ?
- *Wait*... deux minutes. Je fume et on entre.
- Je suis là. Tu n'as pas à avoir peur.
- Je n'ai pas peur.
- Tu trembles.
- Je ne tremble pas.

Ce genre de discussion ne menait jamais à rien. Je passai devant lui, la cigarette à la main, et m'enfonçai dans la ruelle. Mihai me devança et s'arrêta devant l'immeuble qu'il m'avait indiqué plus tôt. Un homme grand, costaud, le crâne rasé, se tenait devant l'énorme porte noire qui prenait presque toute la

---

[44] Viens ici !

largeur de l'édifice. Mihai s'approcha et discuta avec le videur. Ils semblaient se connaître, bien même, car Mihai le gratifia à deux reprises d'une petite tape sur l'épaule et l'autre sourit franchement. Mais il n'était pas *gypsy*. Je reconnaissais toujours un *gypsy* quand j'en voyais un. Je finis rapidement ma clope, l'écrasai au sol et m'approchai d'une démarche assurée de la porte d'entrée. Le garde me salua simplement d'un signe de tête et, oh surprise, Mihai me prit la main tout en poussant la lourde porte en fer.

Je ne pus m'empêcher d'écarquiller les yeux en entrant, allant d'étonnements en étonnements au fur à mesure que les minutes s'écoulaient. C'était une grande salle carrée où se dressait un ring au milieu et des bancs tout autour. Il y avait là plus de trois cents personnes, entassées comme des rats, mais des rats heureux de leur confort sommaire. Des *gypsies*, mais aussi des *gadgé*, des immigrés, des banlieusards, des petites frappes, et puis parfois quelques Anglais bien sous tous rapports le jour qui venaient se terrer ici la nuit. Le plus étonnant n'était pas cet assemblage humain hétérogène, prisonnier volontaire d'une boîte de briques et de fer. Le plus étonnant c'était que Mihai les connaissait tous, ou alors c'était plutôt eux qui connaissaient tous Mihai. Et il me traînait avec lui, par la main, en faisant le tour de la salle à une vitesse fatalement ralentie par les rencontres. À plusieurs reprises il cita mon nom, je répondais alors par un léger signe de tête, gênée d'être exposée comme une bête de foire, même si je savais que ce n'était pas là son intention. Il était fier. Il voyait les regards en biais que m'adressaient les hommes. Et il aimait me voir à ses côtés, montrer que j'étais à lui. Il y a quelques jours l'idée m'aurait révoltée. Mais aujourd'hui je restais passive. Je crois que j'aurais été prête à le laisser faire n'importe quoi, même ce qui me poussait à changer, à devenir quelqu'un d'autre. Un baiser de Mihai et toutes mes certitudes s'étaient envolées comme une plume au vent, balayées en quelques secondes. Le serpent était rentré sous terre. Caché, tapis, s'effritant peu à peu pour se confondre enfin avec la terre sèche et poussiéreuse.

Nous nous assîmes sur un banc et regardâmes le combat qui venait de commencer sur le ring. Deux types se tenaient là, l'un grand, l'autre de taille moyenne. Je reconnus instinctivement le deuxième, c'était le cousin de Django. Je ne fus pas surprise car il avait dit le jour du mariage qu'il travaillait parfois pour Mihai. Les deux hommes se battaient bien, avec la hargne de bêtes qui luttaient pour leur survie. Peut-être s'agitait-il de cela finalement. Garder son rang de champion, saigner du nez et se casser la mâchoire pour récolter quelques centaines de livres. De quoi survivre face au monde. Au début le *rom* avait l'avantage, mais peu à peu les rôles s'inversèrent. Mihai était tendu à côté de moi. Parfois il se frottait nerveusement la barbe, parfois cognait du poing sur le banc, parfois se levait en braillant "*jas, jas*[45]". Puis le grand *gadgo* finit pas donner le coup ultime, en plein abdomen. Le jeune homme tomba à terre, le souffle saccadé, la gueule ouverte, les yeux plissés.

Et alors ce fut l'affolement. Tout le monde tendait des dizaines de billets froissés, se dirigeait vers le comptoir, criait au scandale.

---

[45] Vas-y, vas-y

- *Wovva kovva boot vassavo, boot vassavo*[46]... souffla Mihai.
- Pourquoi ? Tu as perdu beaucoup ?
- Non ..., j'ai tout perdu, *sawkon kovva*[47].
- Comment ça ?
- Il ne perd jamais, j'avais tout misé sur lui. J'ai perdu la semaine dernière à Londres. C'était ma dernière chance.
- Tu leur dois combien exactement ?

Les hommes commençaient à s'attrouper autour de Mihai. J'avais la nette impression de ne pas avoir choisi la bonne option. La soirée allait mal tourner. Quand il s'agissait d'argent, les choses tournaient toujours mal, surtout avec Mihai.

- Cent-quarante mille livres et la maison et...
- *So*[48] ?
- Et leurs maisons.
- Le quartier ? Tu as parié le quartier ?
- *Yes*.

Je sentais une colère sourde se répandre dans tout mon corps. J'avais à mes côtés un irresponsable de trente-deux ans à l'égo surdimensionné. Des centaines de *gypsies* lui faisaient confiance, louaient ses habitations délabrées en pensant que Mihai en retour saurait les protéger.

Soudain, il m'attrapa par les épaules et me fit face, le regard navré.

---

[46] C'est très mauvais, très mauvais...
[47] Tout
[48] Quoi?

- Désolé que tu assistes à ça, mais je n'ai pas le choix.

Il enleva sa veste d'un seul geste puis déchira sa chemise. Je pris le paquet de vêtements dans mes bras, telle une poupée qui obéissait sans réfléchir. Il se précipita vers le ring en criant et en levant les bras, défit ses chaussures et les balança dans un coin avant de monter les marches. D'instinct j'allai les récupérer puis me rassit sur le banc. Rien de tout cela n'était normal. Je n'avais pas à être prévenante. Je n'avais pas à m'occuper de ses affaires. Je n'étais pas sa femme. *No. No. No*, j'étais libre… libre…

Un homme frappa dans ses mains puis tout s'accéléra. Mihai allait se battre contre un géant tout en muscles au nez cassé. Les gens qui avaient soutenu le boxeur de Mihai, maintenant supportaient son adversaire. Et moi je devais assister à ça, impuissante. Le cousin de Django partit sur une civière vers la sortie, transporté par deux types que je reconnus. Ils avaient travaillé pour mon père avant de le faire pour le nouveau king.

Je vis alors une transformation étonnante, celle d'un homme en bête. Je me demandais quelle bête, justement, il pouvait bien être. Il se tenait courbé, les bras devant, les poings serrés, le regard dur. Il fixait le géant blanc comme l'on fixe sa proie avant de lui bondir dessus et de l'engloutir. La bête qui avait toujours été là, tapie dans l'ombre, s'était réveillée. Elle aurait donné sa vie pour nourrir les siens, quitte à affronter un prédateur qui se situait au-dessus dans la chaîne alimentaire. Ses yeux bleu nuit devinrent bientôt noirs à force de fixer toujours le même point. Point qu'elle seule pouvait voir. La bête rugit, déploya sa force et lutta avec une grâce surnaturelle. Elle était devenue un être à part, fantastique, irréel.

Autour de moi, plusieurs types me scrutaient. Certains pour s'assurer que j'allais bien, sans doute envoyés par Mihai. Et puis d'autres plus loin, qui, eux, devaient avoir une dent contre Mihai. Il y avait deux camps bien distincts dans la salle. J'aurais voulu n'appartenir ni à l'un, ni à l'autre. Mais Dieu en avait décidé autrement. Je ne pouvais pas ne pas soutenir l'homme qui frappait le géant au nez cassé. Non seulement parce qu'il était très beau, ainsi enveloppé par la rage qui coule dans les veines de notre peuple, mais aussi parce qu'il venait de déclencher chez moi un désir nouveau. Celui de la possession éternelle. Je le voulais pour moi, peut-être aussi fort que lui me voulait pour lui. Nous étions semblables finalement, même si nous n'étions pas de la même famille.

Mon esprit se déconnecta de la scène qui devenait de plus en plus violente. Des voix humaines rauques et des grognements de bêtes s'élevaient de ces masses confuses et bruyantes qui couvraient la salle de combat. Je ne voulais pas voir ce carnage, je voulais être ailleurs. Loin, très loin... devant un petit feu, aux nuances jaunes et orangées, au milieu d'un cercle de gens accroupis, une sorcière au teint brûlé par le soleil chantait doucement et battait en rythme le tambourin. L'air de la nuit, de plus en plus frais, promenait des murmures lointains, dans des langues sanskrites. Le ciel était d'un noir d'encre, parsemé d'étoiles, dans une limpidité profonde. Et une grande femme aveugle, le visage entouré d'un foulard sombre, commença à gémir, dominant tous les autres bruits de sa voix aigüe et nasillarde. Tous se balançaient au rythme du chant de la vieille et des prières de l'aveugle. Nous étions plongés dans une espèce de transe, que nous seuls, de par notre sang, pouvions atteindre. Nos chevaux, qui broutaient non loin, excités par les intonations aigües, dansaient en mesure, au rythme marqué par le tambourin, assourdis de musiques étranges, dans l'ivresse de cette nuit de fête. Je n'assistais pas seulement au spectacle, je le vivais et j'y participais. L'espace ne m'était pas familier. Il faisait plus chaud et plus sec qu'en Angleterre. Les chants n'étaient pas en romani pur mais en ancien *caló*. Au fond de moi, je savais que tout cela n'était que la fantaisie d'une lente promenade, au rythme des échos des pas des chevaux andalous dans la nuit, dans l'infini d'un désert rocailleux.

J'ouvris les paupières, reprenant peu à peu conscience de l'espace dans lequel je me trouvais. Mihai se tenait à moitié accroupi. Il me fixait comme s'il voulait lire en moi. Mais aucune réaction ne me vint. Tous le regardaient à distance comme une bête que l'on craint. Je me levai pour mieux comprendre la situation. C'est là que je vis l'autre homme, le géant. Les yeux révulsés, la bouche en sang, le nez déjà cassé qui ne ressemblait plus qu'à un amas de viande rouge, un bras qui formait un angle anormal, l'autre au-dessus de la tête. On lui prit le pouls. Au cou, au poignet, au cœur directement. Rien. Il n'y avait plus rien. Mihai venait de tuer un homme devant moi. Acte dont je ne me rappelais même pas.

Mihai enfila sa chemise sans la boutonner, prit la veste et les chaussures que je lui tendais, alla récupérer son dû avant de sortir en trombe du club.

- Et après il ne se passe rien ?
- De quoi ?

- La police ne vient pas ? Tu as assassiné ce type devant des centaines de personnes !
- Non. Elle ne vient pas. Tout est illégal ici. On prend tous le risque de mourir quand on monte sur le ring.

Nous nous arrêtâmes devant la voiture. Un gars comme Mihai ne pouvait rien m'apporter de bon. Continuer avec lui…Oui. Non. Oui. Non….

- Je suis désolé… je ne voulais pas le tuer… je devais me battre pour récupérer les maisons.
- C'est fait ?
- Oui.
- J'ai besoin d'être seule…
- Aishe… *nukkidai…*

Mihai est perdu. Quelque chose en lui s'est fissurée en tuant cet homme. Ce n'est pas la première fois pourtant qu'il commet un meurtre. Mais c'est la première fois qu'il en commet un sans réellement en vouloir à sa victime. Le géant au nez cassé n'y était pour rien. Il était là au mauvais endroit, au mauvais moment. Et Aishe a tout vu, même si son regard semblait observer autre chose. Une scène dissimulée derrière la scène. Mihai sait qu'il ne pourra jamais tirer le rideau qui les sépare. Pour la première fois, ce soir, il se sent sale devant la femme qu'il aime. Elle le regarde, désemparée, avec ses grands yeux bleu nuit qui ne savent quoi exprimer devant la violence du choc. Trop de chocs justement, en si peu de temps, pour une si jeune femme. Mais elle est une *gypsy*, elle survivra, comme toutes les autres après elle, et comme toutes les autres qui suivront.

Alors le jeune homme veut enlever à coup de brosse cette saleté qui le ronge. Elle seule peut l'aider. Il a besoin d'elle. Cette pensée le fait se sentir vulnérable. Soudain, alors qu'elle se pliait à ses volontés depuis quelques jours, c'est lui qui la supplie. Il veut pleurer mais il ne pleurera pas. Pleurer par amour, ce n'est pas dans ses lois. Impossible. Il va falloir se retenir, ravaler les larmes et attendre qu'une brise vienne lui sécher la rétine. Et puis courir après elle, ne pas la perdre de vue, jamais. *Daivla* si elle disparait... Non... non... Essoufflé, il la rattrape. Elle se retourne, ne veut pas le voir, a besoin de distance. Mais il n'en a que faire de la distance. Il la veut contre lui. Près, tout près.

- Dis-moi ce que je dois faire pour que tu veuilles de moi.
- Je ne sais pas Mihai... tu ne changeras jamais...
- Tu veux un mec normal ? C'est ça ? Une baraque en banlieue, un chien et deux gosses ? Comme les *gadgé* ?

Un sourire s'esquisse sur ses lèvres charnues couvertes de rouge qui brillent à la lueur de la lune. Il a envie de l'embrasser et de se perdre dans ce baiser.

- Non. Je m'ennuierais.
- J'ai du fric.
- Je m'en tape Mihai.
- Tu peux être danseuse si tu veux.
- Je n'attends pas ton autorisation.
- Je ne te plais plus alors ?
- Arrête...

Il s'approche d'elle, passe une main dans son épaisse chevelure brune et avance son visage jusqu'à ce qu'il frôle le sien. Il adore ce moment où elle hésite. Et puis le désir augmente, dans l'air un nuage transparent se crée pour venir s'enrouler autour d'eux.

- Dis-moi que je te plais.
- Un peu.

Leurs lèvres se rencontrent. Le baiser est enivrant. Il voudrait se fondre en elle, vivre à travers elle. Elle est la seule, et sera toujours la seule. Qu'elle le veuille ou non.

- Un peu ?
- Beaucoup.

Ses grandes mains glissent le long de sa colonne vertébrale puis s'arrêtent en bas de son dos. Son corps menu l'appelle. Et il veut répondre à cet appel. Une pluie fine se met à tomber sur eux. Mais elle ne les arrête pas. Rien ne peut les arrêter désormais.

- Ne me quitte plus. Promets-le-moi.
- Mmmm…
- Si tu me quittes à nouveau je te tuerai.
- Le plus romantique serait de dire "j'en mourrai".
- Mais je ne suis pas un être romantique.
- Tant mieux.

Il l'entraîne vers la voiture. Vite, vite. Il court après tout le temps qu'il a perdu. Ils s'assoient mais ne veulent pas couper le contact qui s'est établi entre eux. Il démarre et la regarde dans les yeux avant de prendre le chemin du studio d'Aishe.

- Promets-le-moi.
- Je te le promets.

Arrivés, enfin. Il fait nuit noire. Pas un chat dans la rue. Un noctambule qui passe par là les regarde d'un œil vitreux puis repart. Ils entrent dans l'appartement obscur sans cesser de s'embrasser. Je me comporte comme une adolescente idiote, pense Aishe. Je me comporte comme un adolescent idiot, pense Mihai. Et ils se disent des mots qui n'ont pas de sens. Insouciants ils ne le sont pas, ne l'ont jamais été, sauf cette nuit-là. Un couple normal. Leurs mains s'enlacent. Leurs corps se plient sur le matelas défraîchi. Ils ne prononcent plus un mot, ça ne sert à rien, mais leurs lèvres parlent pour eux. Les sons sont faibles, délicats, comme de la soie. Les gestes sont mesurés, doux, comme si les corps étaient friables. Mais ils se déshabillent vite. Ils ont faim l'un de l'autre. Sauf qu'ils ont changé en sept ans. Alors il faut réapprendre à s'apprivoiser, avec ce que l'on est aujourd'hui.

Jamais je ne pus résister à l'envie de l'appeler à mes côtés, la sentir fondre sur moi petit à petit, vivre pour deux après avoir été si seul pendant si longtemps.

Et moi je tombai chaque fois, tous les sept ans, amoureux de la femme qui avait les mêmes yeux que moi.

Et je glissai pendant des heures dans un abyme, entre l'enfer et le purgatoire, face à l'éternité de son corps.

Ce fut comme la première fois. Mihai m'embrassa dans le cou puis descendit tout le long de mon corps. J'avais chaud sous ses baisers. Je tremblais comme une gamine. Ce que je n'avais jamais pu être. À cause de lui. Mais peu importait. Je le voyais comme un dieu. Et il me voyait comme une déesse. Je me sentis pour la première fois plus forte que lui. Majestueuse ainsi dévêtue face à ses yeux bleu nuit. Et mes rêves de femme libre ? A ce moment-là je voulais juste être sa femme. Libre, pas libre…qu'est-ce que ça signifiait finalement ? La musique qui se joua dans ma tête ce soir-là fut la plus belle de toutes celles que j'avais pu écouter. Et quand, encore aujourd'hui, j'essaie de me la remémorer, il y a toujours quelques fausses notes qui viennent perturber la langoureuse mélodie. Parce qu'il n'y avait que nous deux qui pouvions la jouer à la perfection.

Trois petits tours et puis s'en va.

Mon sommeil fut d'abord léger. J'avais l'impression d'entrer dans un monde nouveau. Il me fallait un certain temps pour m'y faire. Pendant la nuit j'ouvris un œil, retint mon souffle, ne bougeai pas. J'entendais la respiration lente et régulière de Mihai à côté de moi. Un bras passé sur mon ventre. Une jambe enroulée autour de la mienne. Son poids sur le matelas qui dessinait un creux vertical. Il savait déjà que j'étais réveillée. Oui. Il savait tout de moi. Un sourire se dessina sur son visage fatigué. Je m'installai en chien de fusil et vint me coller contre son corps. Il me serra fort. J'aurais aimé à ce moment précis qu'il m'explique pourquoi, pour la première fois depuis que j'avais quitté Londres, je n'avais pas envie de mourir. Mais je m'endormis rapidement. Ce fut un sommeil lourd et sans cauchemar. Sainte Marie de la Mer nous avait bénis.

Le lendemain matin ils sortent tous les deux dans la rue où habite Aishe. En face, il y a un parc. Ils ont l'air d'un couple normal. Main dans la main. Les yeux brillants. Le sourire aux lèvres. Deux amoureux qui apprennent à se connaître. Les premiers jours, les premières semaines. Quand tout va bien. Pas encore de disputes, de fausses illusions, de doutes et de stress. Juste la vie qui défile. Aucun nuage pour l'assombrir.

Dans le parc il y a beaucoup de familles. On est dimanche. Il fait beau, ce n'est pas souvent. Les deux *gypsies* s'installent sur un banc. La tête d'Aishe repose sur l'épaule gauche de Mihai. Ses cheveux lui titillent le cou. Il aime cette sensation-là. Puis le rire d'un enfant, la grimace d'un passant, le souffle d'une joggeuse, le crissement d'une poussette, le rire d'une adolescente au téléphone. Aishe tend l'oreille pour se saisir de l'humeur ambiante. Un rayon de soleil dans sa vie, le premier. Alors elle ferme les yeux, écoute les boum boum produits en rythme par le cœur de l'homme à ses côtés et profite de l'instant.

Oui. Un instant. Juste un. Parce que ce soir Aishe joue avec le groupe. Ce sera un au-revoir, sauf si elle ne réussit pas le concours. Mihai la serre plus fort contre lui. Il a peur qu'elle parte, comme toujours. Sauf que maintenant il n'est plus le seul à s'accrocher, elle le lui rend bien. Des doutes, il en aura toujours. Parce qu'elle danse, chante, joue de la dombra. Parce qu'elle est libre et le sera toujours, quoi qu'il en dise. En voyant les enfants qui jouent, ça lui donne envie d'en avoir. Il y pense parfois, de plus en plus souvent. Il est trop tôt pour lui en parler. Qu'elle se braque, le rejette, parte avec un autre, c'est ce qu'il veut éviter. Alors pas un faux pas cette fois. Chaque chose en son temps. Tout doux. Mais Mihai se dit aussi que les années passent, qu'il n'est plus un très jeune homme, et qu'il veut être père. Père à tout prix ? Non. Ce sera avec Aishe, ou ce sera avec personne.

Ils restent assis sans rien se dire pendant plusieurs heures. Le soleil est à son zénith. Les passants déambulent en tee-shirt, une veste à la main, un sac dans l'autre. Des gens normaux dans une ville normale. Aishe et Mihai les observent. Feront-ils un jour partie de ce monde ? Impossible. Mais ils aimeraient le croire.

***

Dans un bar de Birmingham, à onze heures du soir, Aishe danse, chante et joue de la dombra. C'est leur dernier concert, et ils ne sont que trois. Chris est au piano, une mèche de cheveux blonds qui lui tombe sur le front, les yeux clos, les doigts blancs et osseux qui frappent les touches. John est au violon, l'archet à la main, le menton contre le bois, le corps qui s'arque puis se redresse au rythme de la musique. Ils n'ont pas réussi à sélectionner les chansons qu'ils produiraient ce soir. Elles méritaient toutes d'apparaître au dernier concert. Alors, finalement, ils joueront tous les morceaux de leur répertoire. Plus de quatre heures de musique. Quand ils font des pauses, ils vont au bar, à l'autre bout de la salle. Une bière, un scotch ou une vodka. John et Chris regretteront Aishe, elle est douée, mais ce n'est pas non plus une vraie amie. Trop solitaire. Trop secrète. Un fossé les sépare, et les garçons le savent.

Aishe fixe la porte qui donne sur l'escalier qui monte au rez-de-chaussée. Mihai lui manque déjà. Ses lèvres se souviennent de ses baisers, son corps de ses caresses, ses cheveux de ses doigts.

Sans Django, la musique n'est pas la même. Moins sûre, moins traditionnelle aussi. Son violon sans âge venait de Roumanie. Mais Aishe n'a pas de regrets. Il est là où il doit être, auprès des siens, de sa femme, au fin fond des pays de l'Est. La jeune femme en est presque soulagée. Un homme dans sa vie c'est déjà assez compliqué à gérer.

Les hommes au bar racontent leurs peines. Elle les écoute, pour s'imprégner de l'atmosphère. Demain ce sera adieu les ivrognes, les espaces mal famés, la violence. Mais demain sera un autre jour. D'ici là, il faut en profiter. C'est son monde après tout. Les hommes du bar ressemblent à des marins rentrés au port. Hâte d'arriver puis hâte de repartir. Ils ont perdu leur femme, partie avec un autre ou avec les enfants. Si elle n'est pas déjà partie, alors elle le fera bientôt parce qu'elle déteste le voir rentrer soûl à la maison. Pense aux enfants, dit-elle au mari. Il écoute mais n'entend pas. L'alcool a eu raison de lui.

La lumière rouge tamisée donnerait presque l'impression d'un bar branché. Ce n'est pas vraiment le cas. Les marins boivent et reboivent, comme dit la chanson. Quelques femmes traînent là. Aishe espère que des couples d'un soir se formeront avant la fin de la nuit. Elle aime voir les gens ensemble, même si ce n'est qu'illusion. Les heures passent vite, très vite. Le train file sans s'arrêter. Quand on s'amuse, le temps n'est rien. Un instant de vie bientôt oublié, sur les bords d'un ancien quai de Birmingham.

Aishe aurait aimé que le bar ait une histoire, qu'il soit l'ancien repère des gangs du dix-neuvième siècle. Les personnages de Dickens seraient passés par là, les Peaky Blinders et les aventuriers vers le Nouveau Monde en proie aux rêves d'un avenir meilleur. Mais le bar n'a que dix ans, tout neuf, comme Aishe. Toute neuve sur une terre vieille comme le monde.

Vers quatre heures du matin ils décident enfin de rentrer. Ils s'embrassent, se serrent les uns contre les autres puis se disent au-revoir. Chris retient John par l'épaule. Il manque de tomber à chaque pas. Ils montent en voiture, font un dernier signe de la main à Aishe et lui promettent de se revoir très vite. La jeune femme aux yeux bleu nuit ne croit pas aux promesses. Le jour où son père est mort, il lui avait promis de rentrer plus tôt pour soigner le cheval avec elle.

À cette heure-ci les rues sont désertes. Elle marche deux kilomètres pour arriver à son studio. Aishe n'a jamais eu peur de faire une mauvaise rencontre. Elle en a tellement fait dans sa vie que plus personne ne lui fait peur. L'alcool est en train de redescendre de sa tête vers son estomac. Elle a envie de vomir et de dormir, l'un après l'autre ou les deux à la fois.

Les images de la mort qu'elle a provoquée tournent en boucle dans sa tête, et se mélangent aux images du géant au nez cassé. Ils deviennent parfois une seule et même personne, abominable, au visage difforme, au corps tordu et à la peau gluante. Elle arrive maintenant à cauchemarder tout en étant éveillée.

Quand elle arrive chez elle, elle se déshabille, prend une douche chaude, vomit deux fois puis s'endort très profondément dans son lit. Elle croit entendre à plusieurs reprises son téléphone sonner. Elle ne se réveille pas pour autant. Oui, demain sera un autre jour, et advienne que pourra.

***

Il faisait jour depuis longtemps. À travers les barreaux de ma fenêtre je pouvais voir le soleil déjà haut dans le ciel. Je pensais que ça allait être une belle journée avant que je ne jette un œil à mon portable. Six appels manqués de Roma et un sms : "Call me bak. Urgent. It s Eddy s phone. It is Roma." J'avais toujours cru que la tante ne savait pas écrire. Apparemment si, à peu près.

- Allo ? Roma ? C'est Aishe.
- Allo Aishe. C'est Eddy, je te passe ma mère.
- Qu'est-ce qu'il y a ?
- C'est la merde ici.

Quelques secondes passèrent sans personne au bout du fil, mais je pouvais entendre les cris et les pleurs de l'autre côté de la ligne.

- Aishe ? Tu étais où nom de Dieu ! Je te cherche partout !
- Je suis chez moi. À Birmingham.
- Mihai est rentré sur Londres cette nuit, il était dans sa maison. Mais il venait de chez toi ?
- Exact.
- Les flics l'attendaient. Ils l'ont pris. Mon dieu ! Que Sainte Marie de la Mer nous vienne en aide !
- Mais pourquoi ?
- Qu'est-ce que j'en sais moi pourquoi !
- Je te laisse, ma tante.
- Quoi ?
- Je vais le récupérer. D'accord ?
- Nous comptons tous sur toi ici.
- Pourquoi sur moi ?
- Parce que tout le monde sait pour toi et Mihai.
- Non… non… non
- Personne n'a rien dit de mal, ma chérie, on comprend.
- Je ne crois pas non.

En dépit d'un mal de tête lancinant, je me lavai le visage puis m'habillai. Je pensai que Mihai avait été attrapé à cause des combats illégaux, voire peut-être du meurtre. Je ne pouvais pas faire grand-chose, si ce n'était appeler le seul flic dont j'avais la carte.

- Inspecteur Brice, j'écoute.
- Bonjour… Je suis Aishe Boswell, vous m'aviez donné votre numéro.

- Je suppose que vous appelez pour votre oncle.
- Mon oncle ?
- Il a été arrêté cette nuit à son domicile. Vous ne saviez pas ?
- Et bien si…mais ce n'est pas mon oncle, je vous avais expliqué que…
- Mademoiselle Boswell. Je ne vais pas y passer par quatre chemins. Vous nous avez menti en déclarant que vous aviez été adoptée. Vous avez donc fait obstruction à l'enquête et vous serez convoquée prochainement au commissariat puisque vous êtes le parent le plus proche de notre suspect.
- Écoutez, je ne comprends rien… Vous le suspectez de quoi ?
- D'avoir tué un homme à quelques kilomètres de Birmingham.
- Quand ?

Je me demandai alors pourquoi mon ADN n'avait pas également été retrouvé et ne trouvai aucune explication rationnelle à cela. Mais la vie était-elle une chose rationnelle ? Non. Nous ne faisions que passer d'un tableau à un autre, plus ou moins promptement, tels des personnages vivant dans plusieurs dimensions à la fois. Et dans le tableau que je formais actuellement, debout, au milieu de mon appartement claquemuré, un homme qui m'était étranger et que je n'appréciais pas venait de me donner ses yeux pour voir. Et alors je vis la représentation suivante : des dégradés de gris, des tâches pourpres et des points bleus comme la nuit, tout cela accompagné du merveilleux *Silence* de Beethoven en toile de fond.

- Il y a trois semaines. Écoutez, votre oncle est un dangereux criminel. Nous savons aussi qu'il gère tout un tas d'activités illégales. Je vous conseille de ne pas vous approcher de lui si vous ne voulez pas croupir dans une prison pour avoir été complice de ses actes.
- Comment savez-vous que c'est bien mon oncle ?
- Ben voyons ! Grâce à l'ADN. Nous avons le vôtre depuis l'affaire Kate Park mais nous n'avions pas encore le sien puisqu'il n'était pas fiché.
- Êtes-vous sûr que nos deux ADN sont apparentés ?
- Aussi sûr que vous avez un nez au milieu de la figure. Votre réaction me semble étrange…
- Je vois…
- Je vous préviens tout de même qu'il sort demain de sa garde à vue de quarante-huit heures. Nous sommes obligés de le relâcher en attendant son procès. Mais comme l'affaire est largement médiatisée, il arrivera bien vite. Il a cependant interdiction de quitter la capitale.
- Donc pour Kate, c'était lui ?
- Oui.
- Pourquoi ? À ce moment-là, je criais plus que je ne parlais. Un verre fut projeté contre un mur, un drap déchiré en deux, un miroir brisé en mille morceaux.
- D'après l'enquête il vous cherchait. Mademoiselle Park n'a pas voulu lui dire où est-ce que vous vous trouviez, il l'a poussée et elle s'est fracassée le crâne contre le sol. C'est la thèse de l'accident qui est privilégiée. Je suis déso…
- Merci pour ces informations, le coupai-je.
- Bonne journée mademoiselle Boswell.

Mais la journée aurait difficilement pu être bonne.

***

Cette cigarette fut la dernière. Un peu de fumée blanche dans l'air gris et puis s'en va. À ce moment-là, le voile qui était devant mes yeux depuis le début s'envola en virevoltant entre les éclairs et les nuages noirs. Pourquoi Roma ne m'en avait pas parlé ? Elle aurait dû savoir que sa sœur ne m'avait pas portée. Pourquoi avais-je trouvé une lettre destinée à Mihai chez Liberty ? Et l'ADN… la science ne ment pas.

Un mensonge que l'on ne devine pas ne peut faire de mal. Quand on le devine, il provoque le mal. Et je n'avais plus qu'à tuer la source de ce mal.

J'avais la sensation d'avancer au ralenti jusqu'à la maison de Mihai. Ma jupe se soulevait au rythme des bourrasques, mes cheveux étaient devenus des milliers de serpents noirs qui volaient dans les airs, les iris de mes yeux reflétaient la danse des éclairs. Des petits pas dans le silence de l'allée boueuse. Le cliquetis des talons de mes bottines dans la terre meule. Une musique de film. Une scène de film. Le cadrage parfait. Le timing parfait.

Mon corps avait froid et avait peur. Mon cœur, lui, ne ressentait plus rien. Un vide immense s'était créé. Le vide de l'enfer sur terre, avant d'atteindre l'enfer sous terre.

Je sonnai. Il ouvrit, me sourit et m'attira à lui. Nous nous embrassâmes longtemps. Je voulais profiter des derniers instants. Je voulais que mon corps se souvienne, pour pouvoir vivre ensuite avec ce souvenir. Il enleva mes habits en me scrutant. Je me voyais à travers ses yeux. Et j'étais belle. J'étais la plus belle des femmes. Celle pour qui il aurait donné sa vie. Il m'offrit son amour inconditionnel, et moi je le saisis, avec toute la passion dont j'étais capable. Une vague gigantesque qui engloutit les restes d'un navire dans la nuit.

Je m'assis, nue, sur le plan de travail de la cuisine. Je fermai les yeux pour ne pas croiser son regard. Il se plaça sur moi, nu lui aussi, certain de son exploit immédiat. Nous dansâmes plusieurs minutes, mais jamais je ne voulus faire demi-tour. Nous étions tous deux là où nous devions être. Nous formions une flamme d'or, l'or des gitans qui brillera toujours. Nous vivions enfin, loin de tout et au cœur de tout. Il était à moi et j'étais à lui. Et il y avait Sainte Marie de la Mer pour nous bénir ce soir-là, dans un luxe qui cachait la misère.

Le serpent sortit enfin, à nouveau, entier, puissant et mystérieux, pour retrouver la sensation d'un rayon de soleil effleurant sa peau écaillée.

Puis j'attrapai derrière moi un couteau, que je sentais long et épais. Il était parfait. Je le plaçai sur la nuque de Mihai. Il s'en aperçut rapidement et stoppa ses gestes. Il m'embrassa à en perdre haleine. Des baisers chauds, passionnés, humides. Des baisers qui vous font perdre la tête, baisser la garde, redevenir adolescente. Il ne me retint pas et me regarda dans les yeux quand le couteau se planta à l'arrière de sa nuque. Un seul coup. Sec. Sûr.

- *Me man…* Je t'aime, Aishe.
- Moi aussi je t'aime.

Il s'écroula devant moi, les yeux ouverts, une esquisse de sourire sur le visage. Il savait. Il savait et il m'avait laissée faire. Et j'imaginais bien pourquoi. Il était mort en se sachant aimé, l'occasion ne se serait peut-être pas représentée.

Je retirai le couteau ensanglanté et le posai sur le plan de travail. Que tous le voient. Que tous me condamnent. Je venais de tuer l'homme que j'aimais. Je venais de faire ce qu'il fallait pour continuer à vivre, quelques heures, quelques jours, quelques mois.

Je trouvais que la mort rendait cet homme magnifique encore plus désirable. Et pour la première fois, en sa présence, le désir ne se fana pas. Il était là, intact, soyeux comme un personnage des *Mille et Une Nuits*, enveloppé dans une soie rouge de Perse.

Un jour, quelqu'un de sage m'a dit que l'amour c'est quand on est capable de donner à l'autre ce que l'on n'a pas. C'est ainsi que j'ai offert la paix à l'homme de ma vie.

J'embrassai Mihai une dernière fois, puis recouvris son corps de mon foulard noir. Il était magnifique ainsi statufié au milieu des siens. Il était né ici, et maintenant il était mort ici. Personne n'échappe à son destin.

Elle se rhabille et marche lentement vers le centre de Londres. Les *gypsies* qu'elle croise ne savent pas encore. Ils la saluent et continuent leur chemin au milieu de la crasse.

L'ombre du mur de béton l'écrase. Elle court maintenant pour sortir du quartier. Pas pour fuir son crime, mais pour fuir le poids de l'espace. Puis, elle respire enfin, en se tournant vers les maisons qui, déjà loin, semblent danser sous l'étau du mur, de l'odeur de fumée et du bruit de l'autoroute, prisonnières pour toujours.

Demain, Aishe dansera pour le jury. Et elle y mettra toute son âme.

***

Elle avance au centre de la pièce. Ses pieds frottent le sol, comme pour s'imprégner de la dureté du parquet. Le point d'ancrage. Le lien avec la terre. Elle baisse la tête et attend que la musique commence. Quelques secondes s'écoulent. Personne ne parle. Le jury retient son souffle. Certains se rappellent sa prestation de l'année dernière. D'autres l'ont oubliée. D'autres encore n'étaient pas là. Les huit jurés la regardent, les mains jointes sur les tables, les jambes serrées. C'est maintenant ou jamais.

Trois, deux, un.

Les gestes sont lents, souples, achevés. Elle danse telle une flamme qui crépite dans un feu de joie, puis s'élève, s'élève, s'élève… jusqu'à atteindre les étoiles.

    Son jeté est un cri de rage.

Gelem Gelem lungóne droménsa,
Maladilém shukare Romensa.
Gelem Gelem lungóne droménsa,
Maladilem baxtale romenca.

    Son arabesque est une plainte silencieuse.

    Son pas-chassé est une errance.

Oooh, Romalé!
Oooh, chavralé!

    Son rond de jambe est une bourrasque violente.

    Son cambré est une étreinte passionnée.

Ala voliv lake kale jakha,
Kaj si gugle sar duj kale drakha.
Ala voliv lake kale jakha,
Kaj si gugle sar duj kale drakha.

    Son plié est la blessure dont elle a toujours souffert.

    Sa pirouette est son doigt d'honneur aux traditions.

Oooh, Romalé!
Oooh, chavralé!

    Son enroulement est un tour de passe-passe du père.

    Son pas chassé balaye le monde.

Kindem lake lolo dikhlo tursko,
Ni volil man achel latar pusto.

Kindem lake lolo dikhlo tursko,
Ni volil man achel latar pusto.

Un, deux, trois, quatre, cinq, six, sept et huit.

Oooh, Romalé !
Oooh, chavralé !

Sa chute au sol est la décadence des civilisations.

Sa révérence est celle du monde face au peuple *rom*.

Le jury se lève et applaudit. Les applaudissements ne cessent pas. Le bruit gronde et frappe les murs.

Quand ils annoncent les résultats, ils font une mention spéciale pour Aishe. Elle est admise, bien sûr. Ils ont trouvé ce qu'ils cherchaient. Celle qui aura un avenir, qui pourra devenir quelqu'un. Elle est la perle trouvée au milieu des cailloux. Elle est la beauté dans un monde laid. Elle est l'espoir dans ce qui se meurt.

Elle a réussi. Elle a réussi et elle est libre.

***

Une folie pure s'empare soudainement du corps d'Aishe. Enfin. Enfin elle pourra mener la vie qu'elle entend. En septembre débuteront ses cours à la *London Contemporany Dance School*. Elle a quelques mois devant elle pour déménager sans laisser de trace. Cette fois-ci, personne ne la retrouvera. Elle fuira le monde pour entrer dans son monde.

Mais alors que tous les participants au concours sortent de la salle et commencent à discuter pour apprendre à se connaître, une douleur fulgurante dans le cou l'assaille. Elle part en courant au travers des couloirs, puis se réfugie dans les toilettes pour femmes de l'étage.

Elle se laisse glisser le long du mur carrelé et s'effondre au sol, la main droite plaquée contre sa nuque. La douleur la fait hurler, trembler, pleurer. Elle retire sa main. Elle est immaculée de sang. Du sang qui ne cesse de couler de ce qui semble être une blessure profonde. Elle appelle à l'aide mais personne ne répond. Alors elle s'évanouit, là, seule, avant d'avoir pu atteindre le lavabo pour freiner l'écoulement de liquide rouge avec de l'eau.

Elle croit entendre des voix qui l'appellent. Des agents de police qui lui passent les menottes au poignet. Une foule d'intrus qui assiste au spectacle. Son esprit divague déjà. Il plonge dans un néant sans fin, isolé de toute notion de temps et d'espace.

Aishe a toujours imaginé que quand l'on pensait mourir on voyait sa vie défiler devant ses yeux, remarquant ce que l'on avait fait de bien ou de moins bien. Rien de tout cela ne se passe dans l'esprit souffrant de la jeune tzigane. Elle ne voit rien. Elle n'entend rien. Mais elle ressent une chose et une seule. Les lèvres de Mihai qui embrassent les siennes.

Avec passion, avec amour, avec tout ce que l'humain est capable d'offrir à un autre de ses semblables.

Et alors elle danse sur le toit du monde.

Dance with us on a gypsy path
Sing us to sleep with your gypsy laugh
Tell us a tale and ride on the wind
Come and dance to the red violin

Et alors elle se dit qu'elle ne doit pas avoir peur, que si Dieu avait eu peur, il n'aurait pas créé l'univers.

Et quand elle se réveille enfin, avec la sensation de son corps douloureux enfoncé dans un matelas défraichi et souillé, la bête est encore là.

Note aux lecteurs

Ce texte a été écrit à partir d'une micro-nouvelle de Augusto Monterroso qui ne se compose que d'une seule phrase : *Cuando despertó, el dinosaurio todavía estaba aquí.*

Ce court roman a également été imaginé à partir de divers reportages et diverses lectures. Ma connaissance du peuple *rom* est loin d'être exhaustive, et il me reste encore beaucoup à découvrir sur ces personnes fascinantes, toujours tiraillées entre tradition et modernité.

Parfois les termes de *rom*, tzigane, manouche, *gypsie* ou gitan sont ici mélangés pour une compréhension de tous, mais ces derniers sont loin d'être des synonymes. *Rom* est un terme général qui se réfère à tous les nomades d'Europe qui seraient originaires d'Inde et qui parlent une langue commune, le romani, alors que les *Loms* vivent dans le Caucase et les *Doms* au Proche-Orient. Cette diaspora date du Moyen-Âge, époque à laquelle ils seraient partis de leur pays d'origine après avoir été exilés, puis se seraient dispersés dans tout le pourtour méditerranéen. Aujourd'hui, tous les *Roms* ne parlent pas forcément le romani, mais des langues dérivées, mélangées avec la langue du pays où ils résident. Ainsi, les gitans d'Espagne parlent le *caló*, un mélange de castillan et de romani, les tziganes d'Angleterre et d'Irlande, l'*angloromani*, etc.

Je ne rentrerai pas dans une approche plus précise de la question, de nombreux ouvrages le font bien mieux que moi.

Sachez, tout du moins, que ces communautés sont bien plus complexes que ce que les stéréotypes communément admis nous laissent à penser.

L'orthographe de ces langues étant peu étudiée par les grammairiens, je me suis appuyée sur les orthographes les plus souvent retrouvées dans des textes et dictionnaires pour écrire les mots et phrases en romani ou toute autre langue qui en est dérivée.

Enfin, les paroles de chansons que j'ai ici écrites en italique sont issues du folklore *rom* et ont été interprétées par des chanteurs et groupes partout à travers l'Europe.

Remerciements

Je remercie en tout premier lieu ma famille, qui a souvent douté, il faut l'avouer, me voyant étudier, travailler et écrire en même temps.

Je tiens à remercier tout particulièrement mes relectrices, pour avoir eu la patience de lire et corriger ce second roman, ainsi que mes bêta-lectrices et bêta-lecteurs.

Merci, encore et toujours, à celle que je ne veux jamais décevoir. Tu es mon pilier, mon modèle. Tu as toujours cru en moi, au-delà de tous. Monique, je ne te remercierai jamais assez.

Et enfin, merci à vous, chers lecteurs, d'être arrivés jusqu'à cette ultime page. Que vos lectures soient toujours plus nombreuses et hétéroclites. Que votre amour des mots me donne toujours envie d'écrire.

Une mention spéciale pour ma terre, le Quercy, qui n'apparaît pas ici, mais qui m'a toujours épaulée. Les habitants de ma région ont été les premiers à s'intéresser à mes livres. J'y ai fait mes premières dédicaces, j'y ai rencontré mes premiers lecteurs. Je suis fière de ce petit coin de paradis, qui sera pour toujours l'espace enchanteur de mes souvenirs d'enfance.

Publication B.O.D, Paris

Novembre 2020

© Manon Larraufie

L'article L122-4 du Code de la propriété intellectuelle prévoit que "toute représentation ou reproduction intégrale ou partielle faite sans le consentement de l'auteur ou de ses ayants droit ou ayants cause est illicite. Il en est de même pour la traduction, l'adaptation ou la transformation, l'arrangement ou la reproduction par un art ou un procédé quelconque."

L'utilisation de textes sans citation ou référence à leur auteur est donc illégale.